Dai Sijie
Der kleine Trommler

PIPER

Zu diesem Buch

Der Kantinendirektor kauft den dreizehnjährigen Neffen einer stummen Frau für seinen monströsen Plan. Die kleine Eistänzerin ist überzeugt davon, dass ihr Vater, der Wächter des Stausees, ihre Mutter ermordet hat. Und die alte Schmiedin schürt noch einmal das Feuer, um eine Kette herzustellen, mit der sie ihren Sohn an einen Baum fesseln kann …

Auf der Insel der Edlen gibt es eigentlich nur Müll und die Ärmsten der Armen, die versuchen, durch »Wertstoffgewinnung« ihr Leben zu bestreiten. Vor dieser sehr realen Kulisse, die dennoch jedem Science-Fiction-Film zur Ehre gereichen würde, spielen drei gespenstisch gute Geschichten, in denen Dai Sijie dem modernen China ein unvergessliches Gesicht gibt.

Dai Sijie, geboren 1954 in der Provinz Fujian in China, wurde von 1971 bis 1974 im Zuge der kulturellen Umerziehung in ein Bergdorf geschickt. Nach Maos Tod studierte er Kunstgeschichte und emigrierte 1984 nach Paris. »Balzac und die kleine chinesische Schneiderin«, sein erster Roman, wurde ein großer internationaler Erfolg und in einer französisch-chinesischen Produktion verfilmt. Zuletzt erschien von ihm auf Deutsch »Wie ein Wanderer in einer mondlosen Nacht«.

Dai Sijie

Der kleine Trommler

Drei chinesische Geschichten

Aus dem Französischen von
Eike Findeisen

Piper München Zürich

Mehr über unsere Autoren und Bücher:
www.piper.de

Von Dai Sijie liegen bei Piper vor:
Balzac und die kleine chinesische Schneiderin
Muo und der Pirol im Käfig
Wie ein Wanderer in einer mondlosen Nacht
Der kleine Trommler

FSC
www.fsc.org
MIX
Papier aus verantwortungsvollen Quellen
FSC® C083411

Ungekürzte Taschenbuchausgabe
Februar 2014

Titel der französischen Originalausgabe:
»Trois vies chinoises«

Umschlaggestaltung: Kornelia Rumberg, www.rumbergdesign.de
Umschlagmotive: plainpicture/Arcangel (Landschaft),
Getty Images/jwl photography (Junge)
Satz: Satz für Satz. Barbara Reischmann, Leutkirch
Gesetzt aus der Stempel Garamond
Papier: Munken Print von Arctic Paper Munkedals AB, Schweden
Druck und Bindung: CPI – Clausen & Bosse, Leck
Printed in Germany ISBN 978-3-492-30400-9

Ho Chi Minh

Eines Abends im September 2002 geriet das Auftauchen eines Fremden bei den zwei Bewohnern des alten Containers zu einem Ereignis, auf das die beiden in keiner Weise gefasst gewesen waren.

Selbst der älteste Container auf der Insel der Edlen – vielleicht sogar der älteste ganz Chinas –, der sich die Gelegenheit nie entgehen ließ, wenn es darum ging, sich in einen Marktplatz zu verwandeln, in einen Ort also, wo Käufer und Verkäufer um die vielfältigsten Waren feilschen … Nudelmarkt, Möhrenmarkt, Kohlmarkt, Tomatenmarkt, Gurkenmarkt, Fleischmarkt, Polizeihundemarkt, Ausweiskartenmarkt, Pferdemarkt, Haarmarkt, Fernsehermarkt, Computerschwarzmarkt …, selbst dieser altehrwürdige Container, der schon so viele hinterlistige Verkaufsverhandlungen erlebt hatte, bei denen nicht selten beträchtliche Summen auf dem Spiel standen, war nicht auf diesen abendlichen Besucher vorbereitet, dank dem er einen Rekordpreis erreichte, der alle seine bisherigen Erfolge in den Schatten stellen sollte.

Der Mann erschien gegen neunzehn Uhr, kurz vor Einbruch der Dunkelheit. Der Neffe der Stummen sah ihn als Erster. Er versuchte gerade, mittels eines von ihm selbst gebastelten Windrads genug Strom zu produzieren, um damit eine Glühbirne zu speisen. Er unterbrach seine Arbeit, lehnte sich ans Windrad und beobachtete den Fremden, der, mit einem Köfferchen in der Hand, über die Steinbrücke kam. Es war kühl. Der Wind trieb die Blätter vor sich her. Der Min-Fluss riffelte sich golden. Dunkle Schatten krochen über den Weg.

Der Unbekannte, er mochte um die fünfzig sein, trug über seinem Fettwanst eine abgewetzte offene Wildlederjacke, und sein Doppelkinn wabbelte, als er keuchend und hustend den Damm hinaufschritt. Der glatt rasierte Schädel hob sein schlaffes Gesicht und seinen kräftigen Kiefer noch hervor.

Natürlich hatte man ihm gesagt, was er zu sehen bekäme. Aber auf diesen Anblick war er doch nicht vorbereitet gewesen.

»Du bist nicht zufällig …?«, vor Schreck verschlug es ihm die Sprache.

»Ja, das bin ich«, antwortete der Neffe, weil er

glaubte, der Mann frage nach seiner Verwandtschaft mit der Stummen.

»Ich bin der Direktor der Gefängniskantine. Ich kenne deine Tante gut.«

Er wandte den Blick ab, und um seine Verlegenheit zu verbergen, brach er in dröhnendes Lachen aus, und die auf dem Dach sitzenden Sperlinge flatterten erschrocken davon.

Die Stumme kannte ihn tatsächlich. Er gehörte zu denjenigen, die weder Freund noch Feind waren und mit denen sie Geschäftsbeziehungen pflegte. Ein Tofukunde also, aber ein guter Kunde, der einer Kantine für täglich fünfhundert Personen vorstand.

Die Stumme wiederum hatte die verschiedensten Positionen inne: Sie war die Chefin; sie war die Buchhalterin; sie war die Einkäuferin der Sojabohnen und der anderen für die Produktion erforderlichen Zutaten, und sie war die Arbeiterin. Ihr Tofu war weitum berühmt, denn sie fügte fein gehacktes, pfannengerührtes Gemüse hinzu, was ihm ein ganz besonderes Aroma verlieh. Und das Häutchen darum herum war so zart, dass es auf der Zunge zerging. Und schließlich war sie auch noch die Händlerin: Um nichts in der Welt hätte sie einem anderen das Vergnügen überlassen, ihren Tofu zu verkaufen oder die Münzen für jede verkaufte Portion zu zählen. Dennoch: die

Konkurrenz schlief nicht. Und war gnadenlos. Eine Stumme konnte es nur schwer mit Rivalinnen aufnehmen, die die Kunden mit flötender Stimme anlockten. Ihre Waffe war eine Trommel. An jeder Straßenkreuzung im Zentrum der Insel, vor jeder Mietskaserne, vor jedem Amtsgebäude, das über eine Kantine verfügte, stoppte sie ihre mit Tofu beladene Rikscha und schlug die Trommel, mit der sie anhand von Rhythmus- und Lautstärkewechsel ihre verschiedenen Erzeugnisse anpries.

Ihr Tofu war auf der Insel so beliebt, dass jedermann mittels der Trommelschläge gleich verstand, was für eine Tagesspezialität sie anbot: roter Tofu mit Fisch und Tomate, grüner Spinattofu, gelber Tofu; orangerötlicher oder schwarzer Tofu ... je nach dem beigemischten Gemüse.

Es ging sogar das Gerücht, dass einer der größten Fans ihres Tofu – der Expräsident der Bezirksregierung und Exparteisekretär der Insel, der seit Kurzem einsaß – in seiner Zelle ebenfalls die Trommel schlug, um seinem Busenfreund, dem Direktor der Gefängniskantine, mitzuteilen, was er an dem Tag gern essen wolle.

Die Stumme war darüber zwar etwas erstaunt, aber keineswegs geschmeichelt. Im Gegenteil. Und an besagtem Abend wirkte sie eher beunruhigt, sowohl über das Überraschende dieses Besuchs als auch darüber, wie diskret der Kantinendirektor gekommen war – ohne jegliche Begleitung und auch nicht in seinem funkelnagelneuen Audi 4, den alle Welt kannte, sondern keuchend und schwitzend zu Fuß, gekleidet wie ein einfacher Arbeiter und mit einem Handelsreisendenköfferchen in der Hand.

Sie empfing ihn misstrauisch. Und ihr Neffe dolmetschte ihre misstrauischen Gesten.

Der Neffe übersetzte:

»Sie fragt, warum Eure Stimme anders klingt, und ob euer Zahnfleisch schmerzt.«

Der Direktor antwortet:

»Mein Zahnfleisch geht sie einen feuchten Dreck an.«

Der Neffe:

»Sie meint, Eure Lippen seien schmaler als sonst. Sie sagt, Ihr würdet sie beim Sprechen kaum bewegen.«

Der Direktor:

»Machen wir es kurz: Mein Besuch gilt weder ihr noch ihrem Tofu, sondern dir.«

Seine müden Augen unter den schlaffen Lidern fixierten den Jungen.

Der Direktor:

»Man hat es mir zwar gesagt, aber ich hab's völlig vergessen. Wie heißt du?«

Der Neffe:

»Wie ich heiße? Keine Ahnung … Sie müssen in der Schule fragen … die Lehrerin … ist schon eine Weile her …«

Das Gestotter nervte den Direktor, und er verzog ungeduldig das Gesicht. Vielleicht stotterte der Junge ja nur, um ihn zu ärgern.

Der Direktor:

»Verstehe! Hat dich, außer in der Schule, nie jemand bei deinem Namen gerufen? Mit der Schule ist es für dich doch schon lange aus, oder?«

Der Neffe:

»Ja, weil sie Angst haben.«

Der Direktor:

»Ich weiß. Sie wollen dich nicht mehr in der Schule, weil sich die Eltern der anderen Schüler über deine Anwesenheit beschwert haben.«

Der Neffe:

»Ja, so ungefähr … ist nicht weiter schlimm. Ich mag die Schule eh nicht.«

Der Direktor:

»Und wie wär's, wenn ich dir einen Namen gebe? Von jetzt an heißt du Ho Chi Minh. Was meinst du?«

(Er brach wieder in Gelächter aus, in endloses dröhnendes Gelächter. Er kugelte sich, hielt sich den Bauch vor Lachen, musste sich an der neben dem Container geparkten Fahrradrikscha festhalten. Und je verunsicherter der Junge von diesem

Gelächter war, je weniger konnte der Direktor aufhören zu lachen und gluckste vor Lachen und musste sich die Lachtränen abwischen.)

Der Direktor:

»Sag mal, mein lieber Ho Chi Minh, hat dich deine Tante gelehrt, die Trommel zu schlagen?«

Der Junge (ohne zu stammeln):

»Das musste sie mir nicht beibringen.«

Der Direktor:

»Du hast es von selbst gelernt? Einfach so?«

Der Neffe:

»Ich musste es doch gar nicht lernen. Ich kann's einfach.«

Der Direktor:

»Also los, zeig mir, was du kannst.«

Das runzelige Gesicht verwandelte sich mit einem Mal, die schlaffen Lider öffneten sich über leuchtenden Augen. Der Junge ging die Trommel holen, und der Direktor nutzte den Moment, um vor den Augen der Stummen sein Köfferchen aufzuklappen: Es war bis oben mit Hundert-Yuan-Scheinen gefüllt, die im Licht der vom Windrad angetriebenen Lampe sanft glänzten. Er gab ihr durch rudimentäre Gesten zu verstehen, dass sie ihr gehörten ... wenn sie damit einverstanden sei, dass er ihren Neffen mitnehme.

Sie willigte nicht gleich ein. Wollte zuerst wissen, ob er ihn nicht etwa in einem Zirkus auftreten lassen wollte …? Doch er konnte ihre Gesten nicht deuten und beschränkte sich darauf, mit den Schultern zu zucken.

Also streckte die Alte Zeigefinger und Mittelfinger in die Luft.

Diese Geste hingegen verstand er.

»Miststück!«, brüllte er. »Du wagst es, das Doppelte zu verlangen, bevor du überhaupt nachgezählt hast, wie viel es ist?«

Er knallte wütend das Köfferchen zu, stand auf und ging.

Die Stumme verzog die Mundwinkel zu einem Lächeln, wusste sie doch genau, dass hinter seinem Getue nichts anderes steckte als Handelsgebaren, so alt wie die Welt.

Als der Neffe, Gegenstand des Geschäfts, mit der Trommel zurückkam, stapfte der Kerl bereits den Uferdamm hinunter.

»Sag deiner Idiotin von einer Tante«, rief er ihm über die Schulter zu, »sie kann dich ruhig in ihrem verschimmelten Container behalten. Aber sie sollte eigentlich wissen, dass noch nie ein Progeriekranker älter als dreizehn geworden ist. Du bist jetzt zwölf, oder?«

Der Junge versuchte, diesen Satz möglichst anschaulich für seine Tante zu übersetzen, doch wie ließ sich das ominöse Wort »Progerie« – eine genetische Krankheit, die den Körper vorzeitig vergreisen lässt – in Gebärden umsetzen?

Das zornige Gebrüll des Gefängniskantinendirektors hallte noch lange in den Ästen nach und vermischte sich mit dem Rauschen des an den Blättern zerrenden Windes.

Die Hilflosigkeit des Jungen, jenen letzten Satz zu übersetzen, führte schließlich dazu, dass seine Tante den Handel nicht am selben Abend abschließen konnte. Denn als sie beschloss, ihre Strategie zu ändern, und ihrem Neffen befahl, den Käufer zurückzuholen, war es zu spät.

Er war viel zu forsch vorgegangen, sagte sich Letzterer. Er hätte sich nicht von seinem Zorn hinreißen lassen dürfen. Ja, er hatte es ungeschickt angefangen. Man stelle sich vor: eine Ware, ein Käufer und eine stumme Verkäuferin. Wenn die Verkäuferin durch Gesten oder durch die Übersetzung ihres Dolmetschers zu verstehen gibt, dass sie keine Lust hat zu verkaufen, muss der Käufer auf Zeit spielen – so will es die Regel – und durch denselben Dolmetscher zu verstehen geben, dass er es überhaupt nicht eilig hat zu kaufen. Und dass die Ware – in diesem Fall der Übersetzer – von Tag zu Tag an Handelswert verliert. Um zu einem Abschluss zu kommen, braucht es also eine doppelte Lüge: eine uralte Weisheit, die niemand je wird widerlegen können.

II

Das Kind war fast ganz kahl. Weder diese Tatsache noch die dunklen Flecken auf seinem Schädel konnten seine Soldatenmütze verbergen. Die Flecken waren riesig und breiteten sich immer weiter auf seiner knochigen Stirn aus, verliefen von Schläfe zu Schläfe, überwucherten die Ohren mit den missgebildeten Ohrläppchen: schwarze, tintenschwarze und da und dort violette Flecken … wie ein Lavafeld.

Sein Gesicht war ganz verschrumpelt: Zwei regelrechte Schluchten verliefen entlang der Lippen, die Mundwinkel bogen sich nach unten; zwei Gräben zogen sich verschattet die Nasenflügel entlang; ein Netz aus Krähenfüßen war um die Augen geflochten. Das kleinste Brauenrunzeln (sie waren weiß wie auch das Haarbüschel an seinem Hinterkopf) überzog seine Stirn mit tiefen Furchen, mit Voluten und Bögen. Als gäben sich hier die verschiedenen Falten ein Stelldichein.

Sein Körper war zerbrechlich. Er war ein Meter siebzig groß ... bei kaum fünfzig Kilo Gewicht. Wenn er mit geschürzten Lippen, schnüffelnd und spuckend auf allen vieren ging, um die Abdrücke seiner Hände und Füße im Sand zu bestaunen, war er fasziniert von der Leichtigkeit seines Körpers, der den Boden kaum zu berühren schien. Doch wenn er zusammengekauert auf der Schwelle des Hauses kauerte, hätte man ihn für einen siechen alten Affen halten können.

»Haus« ist nicht das richtige Wort für diese Wohnstatt: Es handelte sich um eine große Metallkiste, genauer gesagt um einen Container, der, jenseits der Steinbrücke über den Min, oben auf dem langen Damm am Fluss stand.

Auf der Insel der Edlen türmten sich Berge von Modulen. Es war die Insel mit dem größten Zustrom an elektronischem Abfall, der größtenteils, ja fast ausschließlich in Containern angeliefert wurde. Besagter Container gehörte zweifellos zu den ältesten. Die ursprünglich dunkelgrüne Lackierung war so ausgebleicht, dass man sie nicht einmal mehr erahnen konnte. Sie war mit der Zeit rissig geworden, vergilbt, abgeblättert, und nun schaute überall das vom Rost zerfressene Eisen hervor. Trotzdem ließ sich noch eine Beschriftung entziffern. Datum und Herkunftsort: 1983, Tientsin. Außerdem die Namen der verschiedenen Besitzer, Zeugnis von Ruhm und Niedergang, von Fröhlichkeit und Tränen: Der Container hatte als Nudelküche gedient, als Polizeihundezwinger, als Friseursalon, als Milizunterkunft, als Luftschutzraum der Gemeinde, als Haftzelle für Verbrecher (Erstickungsraum, wie man aus den mit Fingernägeln in die Wand eingekratzten Wörtern schließen konnte), als Lagerraum ... Im Innern: schwarze Brandspuren. Beulen. Auf dem Fußboden verkrustete glänzende Zinntropfen. Vor allem aber ein unverkennbarer Geruch: der Geruch nach verbranntem Kunststoff, der verriet, dass hier lange Elektroschrott recycelt worden war.

Mittlerweile war der Container für hundert Yuan monatlich an einen Verkäufer von Fußballtoto-Scheinen vermietet worden und hatte in der einen Wand zwei Fenster. Rechts davon war die Tür, darüber ein Schild – »Tofu der Stummen«. Das Schild hing an einem eisernen Triangel, der einst in den Winternächten ächzend hin und her schwang aber mittlerweile vom Rost zerfressen, verstummt war wie die Besitzerin des Containers.

Auf der Insel hatten die meisten der zehn-, zwanzig- oder vierzig-Fuß-Container eine Doppeltür, die mit einem Fahrradschloss gesichert war. Die Tür der Stummen hingegen war schmal, unauffällig, notdürftiger Hauseingang und

Ladentür zugleich. Abgesehen von der Handmühle und den paar für die Herstellung von Tofu unentbehrlichen Geräten, beschränkte sich der ganze Besitz auf eine Holzkiste, die als Küchentisch diente, zwei niedrige Plastikschemel, eine Trommel, ein Kohleöfchen und zwei Betten. Das eine – das diesen Namen beinahe verdiente –, aus Holz gezimmert und etwas breiter, zuhinterst im Raum – war das der Stummen. Das andere zwischen den beiden Fenstern, eine schmale Pritsche aus zwei Spanplatten, war das ihres runzeligen, kahlen Neffen mit den weißen Brauen eines Hundertjährigen. Die beiden Fenster standen die meiste Zeit zum Lüften auf. Der Neffe der Stummen nutzte das, um begeistert Eisenbahn zu spielen. Er lehnte sich weit aus dem Fenster, hielt die eine Hand über die Augen, schwenkte mit der anderen seine Soldatenmütze, ahmte das Zuschlagen der Waggontüren nach, stieß einen schrillen Pfiff aus, tat so, als öffne er ein Reglerventil, imitierte das Kreischen des anfahrenden Zuges und das lang gezogene Pfeifen der Lokomotive. Manchmal stieg er auf offener Strecke aus dem fahrenden Zug: Er öffnete das Fenster ganz, kletterte auf den Sims und hockte dort wie ein Vogel. Oder er hielt sich an einer kleinen Schraube fest und hangelte sich mittels eines akrobatischen Kunststücks, das nur er allein beherrschte, aufs

Dach, grätschte schwankend die Beine, kam wieder ins Gleichgewicht, fasste festen Fuß, sprang hoch und kickte wie Bruce Lee gegen unsichtbare Angreifer … Sein Zug fuhr immer schneller, ließ Kamine, Häuser, Reisfelder, die alltäglichen Dinge hinter sich, und er selbst, als hätte er Durst oder als raste er durch eine grenzenlose Landschaft, stieß Gewieher aus (er durchquerte eine Steppe); oder Wolfsgeheul (er überwand ein Gebirge); er imitierte Autohupen (er fuhr durch eine Stadt) … Sogar das Rauschen des Flusses ahmte er nach, dessen Wasser sich an den Bögen der Brücken und an der Spitze von Inseln kräuselt …

Die Reisen konnten ihm nicht lange genug dauern, und die Nachtfahrten waren die schönsten, weil er immer nur fuhr und fuhr, ohne an Rückkehr zu denken. Doch meistens rief ihn sein stummer Fahrgast mit Schlägen oder mit dem Besenstiel zur Ordnung. In all den Jahren hatte die Tante nur zweimal das Fenster geschlossen, bevor er vom Dach heruntergekommen war. Und weil er danach gebührend empfangen worden war, gab er sich alle Mühe, ein drittes Mal zu vermeiden, aber ganz gelang es ihm nicht. Ein Schneegestöber ließ ihn alle Wachsamkeit vergessen, und die Alte schloss die Fenster, noch bevor sein Schneemann auf dem Dach fertig war. Also musste er die Nacht im Freien verbringen, und als er am Morgen aufwachte, war er unter dem Schnee begraben.

III

Am nächsten Morgen klopfte ein Assistent des Direktors mit zwei Köfferchen voller Geldscheine am Container der stummen Tofuverkäuferin an. Eine Viertelstunde später verabschiedete er sich in Begleitung des Jungen. Die Tante fragte noch: »Warum ausgerechnet er?«

Sie bekam zur Antwort, dass, von allen an Progerie erkrankten Jungen auf der Insel, er der Einzige sei, der keinen vergrößerten knolligen Schädel hätte. Und der alte Container, Zeuge dieses Köfferchengeschäfts, hatte noch am Tag seines endgültigen Ruhestands Grund, vor Scham über diesen Handel zu erröten.

Als das Kind die Lagerhalle betrat, schlug ihm ein merkwürdiger Geruch entgegen, nach modernden Kisten, rostigen Geräten, feuchten Ziegelwänden, klebrigem Dreck auf alten Eisenrohren, nassem Schwefel und Heizöl.

In der großen, leer stehenden Lagerhalle mit

den rußgeschwärzten Wänden, durch deren hohe verstaubte Fenster kaum Licht fiel, gab es eine rudimentäre Pritsche aus drei Kiefernbohlen zwischen allerhand Dingen für die neueste Erwerbung des Kantinendirektors der Bezirkshaftanstalt, den Neffe der Stummen. Das große Tor wurde schon lange nicht mehr benutzt, weil keine Waren mehr aus- und eingeladen wurden. Die kleine Tür im großen Tor war mit einem schweren Vorhängeschloss so gut gesichert, dass noch nicht einmal ein Sperling hätte entwischen können. Und als ob diese Sicherheitsvorkehrungen nicht reichten, saß in einem Kabuff neben der Tür, von wo aus er die ganze Halle überblickte, ein pensionierter Gefängniswärter mit einem ewigen Zahnstocher zwischen den Lippen und überwachte Tag und Nacht die kleinste Bewegung des Jungen.

Diesem war ganz fröhlich zumute. Er summte vor sich hin und spielte in einer Ecke der Lagerhalle, wo sich unter den Ritzen im Dach eine Regenwasserlache gebildet hatte. Dort lagen Bohle und er hüpfte von einer zur anderen und staunte über das dumpfe Echo seiner Schritte. Es machte ihm offensichtlich Spaß, in diesen Lachen zu spielen, die tief genug waren, dass die Bohlen darauf schwammen. Wenn er von einer zur anderen hüpfte, hörte man leises Ploppen.

Er hatte keine Ahnung, wo sich die Lagerhalle

befand; offenbar nicht weit von der Inselmitte entfernt, denn ab und zu hörte er die Trommelwirbel seiner Tante, was ihn an eine harmlose Frage des Direktors bei dessen Besuch im Container erinnerte: »Kannst du die Trommel schlagen?« Eine Frage, in die er alle seine Hoffnungen setzte. Er zitterte vor Aufregung bei der Vorstellung, vielleicht – wer weiß? – im Zelt eines berühmten Zirkus auftreten zu dürfen, der so viel Geld hatte, dass er sich sogar die Vermittlung eines Gefängniskantinendirektors leisten konnte. Wusste er doch genau, dass auf dieser Welt – außer einem Zirkus – niemand Interesse an ihm hätte.

Das war also der Grund, warum ihn die eigentlich finstere, kerkerartige Lagerhalle mit ihren eleganten gusseisernen Säulen und dem Deckenkranz an ein Zirkuszelt erinnerte. Die hohen Fenster erschienen ihm, trotz der dicken Staubschicht, strahlend und lichtbrechend wie die der neogotischen Kathedrale von Pengzhou, tausend Kilometer von der Insel entfernt, wo einst seine Mutter mit ihm gebetet hatte. Er war damals drei Jahre alt gewesen. Sie hatte ihn sich fest auf den Rücken gebunden, und er litt bereits an Progerie.

Drei Tage nach seiner Ankunft in der Lagerhalle tauchte nach dem Frühstück kurz der Kantinendirektor auf. Er richtete kein einziges Wort an ihn und würdigte ihn auch keines Blickes. (Kein Wunder: Neben ihm selbst, dem fünfzigjährigen fettwanstigen Direktor und dem Gefängniswärter im Ruhestand, wirkte der Junge eindeutig wie der Älteste. Ein Umstand, der den Direktor mit Unbehagen erfüllte. Er hatte nicht die Kraft, ihn anzublicken, es grauste ihn, schlimmer noch, er wäre am liebsten geflohen.)

»Du sollst ihm beibringen, dies hier zu tragen«, sagte der Direktor zum Wärter.

Der Alte befingerte das Paket. »Muss er sie die ganze Zeit anhaben?«

»Nicht unbedingt«, antwortete der Direktor nach kurzem Überlegen. »Zwei Stunden täglich, das reicht.«

Die kleine Tür im großen Tor öffnete sich und fiel hinter dem Direktor wieder ins Schloss. Man hörte sein Auto starten. Und wieder herrschte Stille in der riesigen Lagerhalle.

Der Wärter an seinem Schreibtisch stellte den Wecker, um den Befehl seines Vorgesetzten peinlich genau auszuführen: keine Minute mehr, keine Minute weniger!

Er nannte seinen Pensionsgast bei dessen Spitznamen: »Neffe«.

»Neffe!«, rief er also.

Der Junge kam in das Büro des Wärters, seine Augen strahlten.

»Es handelt sich bloß um ein Routinetraining«, erklärte der Wärter ihm. »Weißt du, was man als Erstes tun muss, wenn man ins Gefängnis kommt?«

»Nein.«

»Man muss sich vor dem Wärter hinhocken. Los, in die Hocke mit dir!«

Er hatte plötzlich losgebrüllt und lief nun um seinen Gefangenen herum, um dessen Haltung zu kontrollieren.

»Und jetzt, Hände in die Luft!«

Der Junge befolgte die Anweisungen, und ehe er begriff, wie ihm geschah, zog der Wärter ein Paar Handschellen aus dem geheimnisvollen Paket und legte sie ihm – klick, klack! – an. Als die Sägezähne der Handschellen zubissen, schrie das Kind vor Schmerz auf. Und trotzdem war der Junge glücklich, denn allein das Wort »Training« war bereits wie ein geheimnisvolles Band zu dem pulsierenden Zirkusalltag und gefiel ihm gut.

Das Schellen des Weckers unterbrach das Training. Der Junge erwartete ungeduldig die Sitzung des nächsten Tages. Die Nacht war lang. Es wimmelte von Ratten in der Lagerhalle. Er hörte sie umherrennen, Fangen spielen, sich in Grüppchen beraten, sich ihm nähern. Einige trippelten auf ihn zu, um ihn willkommen zu heißen. Andere beglückwünschten ihn, noch wieder andere machten es sich auf seinem Kopfkissen bequem. Ein dünner, lauwarmer Schwanz peitschte seine Nase. Und er zeigte ihnen stolz die Schürfungen an seinem rechten Handgelenk und die Bisswunden der Handschellen am linken. Je mehr die Handschellen ihm wehgetan hatten, desto mehr hatte er sie sich anverwandelt. Endlich gab es für seinen Körper, den er lange als Schmach empfunden hatte, einen guten Grund: dieser würde sich nun in Material für den Zirkus verwandeln, in eine künsterlische Ausdrucksform. Die leicht rostigen Handschellen – echte Handschellen mit gezackten Klemmflächen – wurden zu seinen Liebsten; er sah sie im Dämmerlicht funkelnd vor seinen Augen schweben, verheißungsvoll wie der Morgenstern über dem Horizont.

Nach drei Tagen durfte er, dank seiner guten Gewöhnung an die Handschellen, die zweite Stufe des Trainings absolvieren, das der Kantinendirektor für ihn entwickelt hatte; er testete ein neues Instrument, das nicht bloß Kratzer, sondern blutige Striemen um seine gebrechlichen, mageren Greisenfußknöchel zurückließ, wie es sich für ein ernsthaftes Training gehört.

»In meiner langen Laufbahn als Kerkeraufseher«, erklärte ihm der alte Wärter, »habe ich so was nur zum Tode Verurteilte tragen sehen.«

Es war ein Eisenkette. Sie war so schwer, dass

bei jedem Schritt der Dachstuhl zitterte und das Echo sekundenlang nachhallte. Ja, die Kette war so schwer, dass der Wärter, wie in einer Ballettschule, längs der Wand eine Barre anbringen musste, um das Training zu erleichtern.

Diese Vorkehrung spornte den Jungen nur noch mehr an, denn sie machte aus seiner Qual unbestreitbar eine Ausbildung zum Zirkusartisten. Schweißüberströmt, das Kinn an die Brust gepresst, klammerte er sich mit geschwellten Muskeln an die Barre und schritt Zentimeter um Zentimeter die Wand entlang. Und die Barre schillerte unter seiner Hand, überzog sich mit Schönheit, spiegelte all seine Sehnsüchte, ja, vielleicht sogar seine ganze Liebe.

Der Neffe der Stummen und sein Wärter nahmen dreimal täglich eine karge Mahlzeit ein, die ein fliegender Händler lieferte und die sie schweigend verzehrten. Eines Tages jedoch, als es frittierten Spinattofu zum Essen gab, erkannte der Junge den Geschmack wieder – es war der Geschmack des fast schon vergessenen Tofu seiner Tante.

»Würde es Euch etwas ausmachen, mir Euren Tofu zu überlassen? Ich bin schrecklich hungrig. Ihr könnt dafür mein Abendbrot haben.«

Aber der Wärter war nicht auf den Kopf gefallen: »Auf keinen Fall! Zum Abendessen gibt's gesottenen Kohl ohne jede Beilage.«

»Ja dann …«, meinte der Junge. Verhandeln wäre zwecklos gewesen. Also begnügte er sich mit seiner Portion.

Dann kam ihm ein anderer Gedanke. »Ihr wisst ja, wie ich heiße: Ho Chi Minh. Wisst Ihr zufällig, was dieser Name bedeutet?«

Der Wärter schaute ihn so an, als habe der Junge nicht nur den Schädel, sondern auch den aufgefressenen Verstand eines Greises: »Was? Du heißt Ho Chi Minh? Willst mich etwa veräppeln?«

»Nein. Ich möcht's wirklich gern wissen.«

Der Wärter schwieg. Das Gespräch war beendet.

Der Junge brauchte kaum zwei Wochen, um auch die zweite Trainingseinheit – die mit der Eisenkette – mit Bravour zu absolvieren. Und dieser Erfolg, sagte er sich, würde es ihm zweifelsohne ermöglichen, sich einem Zirkus anzuschließen. Doch sein Käufer hatte noch mehr mit ihm vor. Der Kantinendirektor tauchte, wie schon gewohnt, kurz auf und brachte diesmal ein Aufnahmegerät und eine Kassette mit. Und wie sonst auch vermied er es dabei möglichst, dem Jungen ins Gesicht zu sehen.

»Hör gut zu«, sagte er und drückte auf eine Taste.

Eine Männerstimme dröhnte durch die Lagerhalle: »Häftling Nummer neun vier eins drei.«

Der Direktor schaltete das Gerät aus.

»Wiederhole«, befahl er dem Jungen.

»Häftling Nummer …«, murmelte der Junge gehorsam, aber an die vier Ziffern konnte er sich nicht erinnern.

»Los, streng dich an«, sagte der Direktor geduldig. »Du musst dir die Kennnummer einprägen. Das ist wichtig, weil man im Gefängnis bloß eine Nummer ist. Also, pass auf: 9 – 4 – 1 – 3.«

Die Zahl explodierte in den Ohren des Jungen wie Blitz und Donner. Vor Furcht zitternd, versuchte er es nochmals. Aber obwohl er seine ganze Kindheit lang Zahlen gehört hatte, waren sie ihm immer zum einen Ohr hinein-, zum anderen wieder hinausgegangen. Sie waren für ihn eine tote Sprache. Zudem konnte er sich nicht konzentrieren, denn das Geschrei des Direktors erinnerte ihn an das gellende Lachen, das bei seinem ersten Besuch damals die Sperlinge vom Dach vertrieben hatte. Er fragte sich, wo sie wohl den nahenden Winter überleben würden, wenn sie auf der Insel blieben, denn hier gab es weder Bäume noch Wälder. Und dann musste er an die Ratten in der Lagerhalle denken, deren Junge nächtelang an Elektromüll, an geschlossenen Stromkreisen, an Plastikabfällen nagten …

würden auch sie an Progerie erkranken? Nichts war vor ihren Zähnen sicher – eines Tages wäre die Lagerhalle wohl nur noch eine Handvoll schwarzer Staub …

Derart abgelenkt, konnte er sich wieder nicht an die verflixten Zahlen erinnern.

»Wie nennst du ihn? Diesen Burschen?«, fragte der Direktor den Wärter.

»Neffe, einfach Neffe.«

»Von jetzt an rufst du ihn nur noch mit dieser Nummer: 9413!«

»Zu Befehl, Chef!«

»Und spiel ihm diese Kassette so lange vor, bis er das Leben von 9413 in allen Einzelheiten in- und auswendig kennt: Geburtsort, Geburtsdatum, Datum der Hochzeit, Datum seines Parteibeitritts, Ämter, die er innehatte, bis hin zu dem des Bezirksvorsitzenden und Generalsekretärs der Partei auf der Insel der Edlen. Und sämtliche Anschuldigungen, die zu seiner Verhaftung und seiner Verurteilung geführt haben: Bestechung, Auftragsmord, Urkundenfälschung, Veruntreuung von öffentlichen Geldern, alles in allem 136 711 884 Yuan, was ihm die Todesstrafe eingebracht hat. Kurz, ich will, dass er schließlich glaubt, 9413 zu sein.«

Der Junge streichelte mit leuchtenden Augen die Tasten des Tonbandgeräts.

»Ist das meine Rolle, wenn ich im Zirkus auftrete?«, fragte er.

Der Direktor spulte das Band zurück und drückte die »Ein«-Taste.

Und wieder ertönte die Stimme: »Häftling Nummer 9413.«

IV

Der Junge war begeistert von dieser neuen Aufgabe. Von morgens bis abends ging er pausenlos, den Inhalt der Kassette vor sich her murmelnd, in der Lagerhalle auf und ab. Er rezitierte Passagen aus dem Lebenslauf des Bezirkspräsidenten, hörte sich immer wieder die kolossale Summe der von ihm veruntreuten Gelder an, vergewisserte sich, an welchen Feierlichkeiten er teilgenommen hatte, ging die Liste der erhaltenen Geschenke durch, die Namen seiner Freunde, die Namen seiner Komplizen …

Er fand es schon etwas merkwürdig, dass man ihm eine solche Rolle anvertraute, denn anhand der Angaben musste der Gefangene 9413 über siebzig sein … er hingegen war erst zwölf. Doch er behielt diese Überlegungen lieber für sich. Sonst würde man womöglich denken, er verstehe nichts von komischen Zirkusnummern. Vor allem aber aus Angst, man könnte ihm den Part wieder wegnehmen.

»Ich kann diese Rolle spielen!« Dieses Selbstvertrauen war die wichtigste Entdeckung seines Lebens. Er könnte es spielen! Er würde problemlos in die Haut jenes »anderen« schlüpfen, der sechsmal älter war als er. O ja, die würden noch staunen …

Er glaubte an seine Gabe, er konnte jede Rolle spielen. Sogar die eines Häftlings.

Er lernte unermüdlich. Als er das Leben seiner Figur auswendig kannte, versuchte er, andere Szenen zu spielen, die sein Wärter ihm beigebracht hatte. Zum Beispiel die ersten Sätze, die, um halb sieben morgens, die Gefangenen laut herunterleiern mussten:

»Guten Morgen, Herr Aufseher. Guten Morgen, die Herren Gefängnisleiter! Ich schwöre, die Gefängnisregeln zu befolgen! Ich schwöre, mich anzustrengen, meine Gesinnung zu ändern und ein neuer Mensch zu werden!«

Oder er übte die alltäglichen Formalitäten, die ihm der alte Gefängniswärter beibrachte: das Gesuch um ärztliche Behandlung zum Beispiel.

»Geehrter Herr Doktor, ich, Häftling 9413, bin mehrerer Verbrechen und der Korruption beschuldigt. Ich komme aus dem Bezirk Pin Yao, Provinz Shanxi. Ich bin einundsiebzig Jahre alt. Geschlecht männlich. Ich leide seit Kurzem an Darmbeschwerden und Verstopfung. Ich ersuche um eine Konsultation. Ich bitte um ärztliche Behandlung und bin Ihnen für Ihr gnädiges Entgegenkommen zu unendlichem Dank verpflichtet.«

Um das Ganze möglichst realistisch zu gestalten, leistete sich der Wärter den Spaß, den Jungen auch in die ärztliche Untersuchung einzuführen. Er fischte ein großes Stück Plastik aus dem Elektromüllhaufen, bohrte mit einem Küchenmesser ein Loch hinein, stellte es dann als Zellentür zwischen ihnen auf. Der alte Häftling 9413 schob sein Gesuch um ärztliche Behandlung durch das Loch. Der Wärter nahm es entgegen und warf es ungelesen weg. Brüllte dann:

»9413! Arztvisite!«

Der Junge streckte die Hand durch das Loch, und der Wärter legte ihm eine Aspirintablette auf die Handfläche.

»Schnauze auf, du Miststück«, befahl er. »Steck sie in deine dreckige Fresse!«

Der Junge schluckte gehorsam die Tablette, sperrte dann den Mund weit auf, damit die scharfen Augen des Doktors durch die Öffnung in der Tür den Rachen des Patienten bis zum Halszäpfchen untersuchen konnten, um sich zu vergewissern, dass das Medikament vorschriftsgemäß geschluckt worden war.

Diese Sketche machten ihnen großen Spaß, und sie erlebten gemeinsam viele amüsante, ja erhebende Momente, vor allem, wenn sie das Stück »Zum Tode verurteilt« spielten.

Auf der Insel der Edlen gab es zwei Gefängnisse. Das erste war ein Zuchthaus, in dem die bereits verurteilten Häftlinge zehn oder zwölf Stunden täglich in den Recyclingbetrieben arbeiteten, um ihre Strafe abzubüßen. Im zweiten Gefängnis, der »Bezirkshaftanstalt«, warteten die Inhaftierten auf ihren Prozess; sie nähten Pailletten auf Stoffe, mit denen dann westliche Haute-Couture-Häuser beliefert wurden. Jeder der zum Tode Verurteilten wurde am Tag vor der Hinrichtung von der ersten in die zweite Haftanstalt überführt, wo er dann die letzte Nacht verbrachte.

Was für ein Glück für den Neffen der Stummen, dass sein Wärter so lange in der Bezirkshaftanstalt gearbeitet hatte und somit ein wahrer Wissensborn war, was wiederum dem Jungen ermöglichte, eine Hinrichtungsszene perfekt einzuüben und zu spielen.

Da die Kulisse beschränkt war, wurden die hundertfünfzig Kilometer zwischen den beiden Gefängnissen auf fünfzehn Meter gekürzt – von der Pritsche des Jungen bis zum Büro –, wohin der Wärter (in einer Polizeiuniform ohne Epauletten und mit einer ausgedienten Schirmmütze) Nummer 9413 in Handschellen und Fußfesseln abführte.

Der zum Tode Verurteilte wusste – das muss man hier betonen – nicht, was ihn erwartete, ganz wie bei wirklichen Todeskandidaten meistens auch.

Im Büro angelangt, verwandelte der Wärter sich dann in den Richter, indem er ein Stück roten Pappkarton als Emblem der Volksrepublik China auf seine Mütze klebte und feierlich das Urteil des Obersten Gerichtshofs verlas: Die Berufung von Häftling 9413 war abgelehnt worden, und die letzten Worte – »unverzügliche Vollstreckung des Urteils« – dröhnten in der Leere der riesigen Lagerhalle.

Dann nahm er die Mütze ab und befragte den Verurteilten, nun erneut in der Rolle des Vollzugsbeamten:

»Nummer, Name, Vorname, Familienstand, Name und Vorname der Ehefrau, der Kinder, ihrer jeweiligen Ehegatten, der Enkelkinder …« Schließlich verkündete er – auf Mandarin – die erfolgreiche Identitätsüberprüfung des Häftlings.

Er setzte die Richtermütze wieder auf und fragte fast ohne jede Betonung mit leiser, neugieriger Stimme:

»Hast du einen letzten Wunsch?«

Der Junge erschauerte. So ungebildet er auch war, er hörte an der Art, wie sie gestellt wurde, dass diese Frage die Reise ins Jenseits einleitete, dass der Countdown lief. Er brachte kein Wort hervor. Was hätte er sich denn schon wünschen können …

»Du könntest zum Beispiel dein Testament schreiben oder einen Brief an deine Familie«, erklärte der Wärterrichter. » Dein Anwalt hat sie von der Entscheidung des Obersten Gerichtshofs benachrichtigt. Morgen können sie ab neun Uhr vormittags deine Leiche vom Hinrichtungsplatz abholen.«

Und dem Jungen wurde bewusst, dass er niemand benachrichtigen könnte, wäre er tatsächlich die Nummer 9413, nicht einmal seine Tante, die ihn ja schließlich für gutes Geld verkauft und sich so seiner entledigt hatte. Niemand würde Anspruch auf seine Leiche erheben. Seine Mutter war schon lange tot. Und seinen Vater hatte er gar nicht gekannt.

Lange sagte keiner der beiden etwas.

»Was ist also dein letzter Wunsch, Häftling 9413?«

»Ich möchte gern eine Portion Tofu der Stummen essen.«

Ein schicksalhafter Wunsch, den der Wärter nicht vergessen sollte.

Ein paar Tage nachdem man ihn mit dem Ablauf einer Hinrichtung vertraut gemacht hatte, ging es los. Der Junge sollte auf Befehl des Kantinendirektors mit kahl geschorenem Kopf seine »Nummer« spielen. Der Wärter hatte jemand zur Stummen geschickt, um eine Portion Tofu zu kaufen. Jetzt schaute er dem Kind zu, wie es genüsslich und geräuschvoll seine Henkersmahlzeit verputzte. Dann räusperte sich der Wärter.

»Also, was hast du mich vor ein paar Tagen gefragt?«

Der Junge zuckte zusammen. Er wusste es nicht mehr.

»Stell mir die Frage nochmals!«

»Ich hab Euch gefragt …«

»Frag mich, wer Ho Chi Minh ist!«

»Wer ist Ho Chi Minh?« Und er wandte sich wieder seinem leckeren frittierten Gemüsetofu mit der hauchdünnen knusprigen Haut zu während der Wärter ihm erklärte:

»Ho Chi Minh war ein ehemaliger Präsident der Demokratischen Republik Vietnam. Als junger Mann hatte er einen vietnamesischen Namen. Er war ein Revolutionär, der für sein Land die Unabhängigkeit forderte und den die Franzosen für einen gefährlichen Terroristen hielten. Ab und zu überschritt er die chinesische Grenze und versteckte sich in den Bergen. Eines Tages wurde er von der Kuomingtang-Armee verhaftet und zum Tode verurteilt. Doch am Tag vor seiner Hinrichtung schickte die Kommunistische Partei Chinas jemand, der ihn in seiner Zelle ersetzte. Der Chinese, der an seiner Stelle erschossen wurde, hieß Ho Chi Minh. Da änderte der Gerettete seinen Namen und nannte sich von nun an Ho Chi Minh.«

V

Ein paar Stunden nach der Henkersmahlzeit hockte der falsche 9413 mit angezogenen Knien in einer Latrine ohne Wasserspülung über einem zwanzig Zentimeter großen Loch in einer Holzbohle und lauschte angestrengt. Nach ein paar Kapriolen verschwand seine Kacke lautlos wie durch Zauber in der Tiefe der Felsschlucht.

»Auf Wiedersehen«, murmelte er, »da fliegt der Tofu der Stummen.«

Aus der Latrine nebenan schimpfte die tiefe Stimme des Kantinendirektors. »Psst, du Idiot. Hast vergessen, dass du in der Haftanstalt bist? Hier herrscht absolutes Sprechverbot!«

Seine Sorge war keineswegs übertrieben. Sie hatten sich nämlich beide in der Damenlatrine versteckt: zwei Reihen aus je fünf Kabinen, die durch eine zwei Meter hohe Holzwand von der Männerlatrine abgetrennt waren. Nach neunzehn Uhr durften sie nur noch vom Personal benutzt werden. Daher waren sie auch sauberer und in besserem Zustand. An den Wänden kein einziges schmutziges Wort, stattdessen erbauliche Sprüche wie zum Beispiel: »Wenn der Gewehrlauf in deinen Händen rostet, braucht es nicht viel, um ihn zu polieren und zum Glänzen zu bringen; wenn aber deine geistige und moralische Ausrüstung rostet, lässt sie sich nicht so leicht blank putzen.« Die Besen hingen an Nägeln ordentlich nebeneinander. Der Schatten eines Baumes vor dem vergitterten Fenster zeichnete sich an der hellen Wand ab. In jeder Kabine lagen lose Klopapierblätter in weißen Porzellanschalen.

Als der Junge fertig gekackt hatte, wischte er sich das Hinterteil ab, doch der Wind aus der Tiefe blies heftig und wehte das Blatt wieder hinauf.

Er musste krampfhaft das Lachen unterdrücken, denn er fürchtete den Zorn des Direktors. Er haschte geschickt nach dem verschmierten Blatt, bückte sich und steckte es wieder ins Loch, und diesmal entführte der Luftstrom es.

Die Strafanstalt befand sich inmitten der Parfümhügel, zwölf Kilometer vom Zentrum der Insel entfernt. »Hügel« ist etwas untertrieben. Es handelte sich vielmehr um eine bis tausendfünfhundert Meter hohe Bergkette aus runden Kuppen und steilen Felsspitzen.

Aus seinem Karton heraus, hinten im Gepäckraum des Audi 4, in dem er eingesperrt gewesen war, hatte der Neffe der Stummen an diesem frühen Sommerabend das Schauspiel von Licht und Schatten – das auf dem Gipfel in Violett übergehende Rostrot des Sonnenuntergangs – auf der bläulichen Buckelkette nicht genießen können. Er hatte die lange Kolonne der Zement schleppenden Greise und Kinder nicht gesehen und auch die nüchternen Betongebäude der Kerkeranlage nicht, die sich, von hohen Stacheldrahtzäunen umgeben, zuhinterst im Tal aneinanderreihten. Und auch nicht die Wachtürme dazwischen und die Helme der Soldaten und die Maschinenpistolen, die in den letzten flach einfallenden Sonnenstrahlen aufblitzten. Er hatte weder das Verwaltungsgebäude im südlichen Teil der Anlage noch das Haupttor mit der Mauer gegen die bösen Geister gesehen. Weder die Höfe mit den zwei niedrigen Gebäuden noch den Glockenturm über dem Haupteingang. Weder den mit einem Gerüst versehenen, im Umbau befindlichen Sitzungssaal noch den riesigen Platz davor noch die Gartenanlage mit den sauber beschnittenen Buchs- und Eibenhecken noch das halbkreisförmige Kantinengebäude, das sich wie ein Bunker am Rand einer Schlucht duckte.

Der Audi 4 hatte diskret vor dem Westtor der Kantine angehalten. Der Direktor war ausgestiegen, hatte das eine seiner zwei Reiche inspiziert (die Ämter kumulierend, war er zum König der beiden Kantinen aufgestiegen: der Kantine der Strafvollzugsanstalt und derjenigen der Haftanstalt). Er hatte das Personal begrüßt. Die Abendschicht war beendet. Alle Köche und Hilfsköche – er hatte sie gezählt: kein Einziger fehlte – saßen, in weiße Dampfschwaden gehüllt, an langen Tischen und aßen. Er hatte sich vergewissert, dass ihm niemand folgte, war in den Speisesaal gegangen, wo, nachts, die Identität des zum Tode Verurteilten bestätigt werden sollte, weil der Sitzungssaal, wo gewöhnlich solche Ereignisse stattfanden, ja umgebaut wurde.

Alles war bereit: Die eine Hälfte des Saales war leer, Tische und Stühle waren weggeräumt und längs der Wand gestapelt worden. Überall hingen rote Fahnen, an der hinteren Wand prangte Chinas Wappen, und von der Decke hingen breite Spruchbänder; die Beschriftung hatte er, eigens für den Anlass, persönlich ausgesucht. Nur der zum Tode Verurteilte – der echte 9413! – würde deren verborgenen Sinn verstehen.

Der Spruch rechts zum Beispiel:

DIE GESCHICHTE BEWEIST, DASS ES ZWEI KATEGORIEN VON GEWALTTATEN GIBT: DIE GERECHTEN UND DIE UNGERECHTEN.

Und der links:

DIE CHINESISCHE JUSTIZ IST IMMER KÄMPFENDE TRUPPE – IHRE BESTIMMUNG IST ES, DIE POLITISCHEN ZIELE DER PARTEI IN DIE TAT UMZUSETZEN.

Er hatte das Buchführungsbüro inspiziert. Es war durch einen zehn Meter langen Flur mit dem Speisesaal verbunden und zu einer provisorischen Zelle umfunktioniert worden, wo der Todeskandidat unter der strengen Aufsicht mehrer Wärter seine letzte Nacht verbringen würde. Auch hier war alles bereit: ein schmales Eisenbett für den Unglückseligen und zwei lange Holzbänke für seine Wärter. Er hatte kontrolliert, ob genug heißes Wasser in den Thermoskannen war, ob die Teedose aufgefüllt worden war, hatte kurz mit dem Fingerknöchel auf die Trommel in der Mitte des Zimmers geklopft. (Der Todeskandidat hatte sich gewünscht, einen letzten Trommelwirbel schlagen zu dürfen.) Dann hatte er einen Karren zum Auto geschoben. Hatte den Kofferraum aufgeschlossen, den Karton herausgenommen, hatte ihn auf den Karren geladen und in der Dämmerung zur Kantinentür befördert. Er hatte den menschenleeren roten Saal durchquert, hatte ihn durch die Hintertür wieder verlassen, durch die man über einen gepflasterten Hof zu den Personallatrinen über der Schlucht gelangte.

Dort hatte er sich noch mal umgedreht und sich vergewissert, ob ihn wirklich niemand gesehen hatte, hatte dann die Latrinentür aufgestoßen, auf der eine Frau abgebildet war.

Als es Nacht wurde, leuchtete über der Trennwand eine matte Glühbirne auf.

Plötzlich rasselte in der Ferne eine Kette.

Den Neffen der Stummen (in seiner Rolle als Eindringling im Reich der Frauen) schauderte es bei dem Geräusch, als hätte er ein Gespenst aus dem Jenseits gehört. Es kam aus den labyrinthischen Tiefen der Kantine. Die Kette muss ganz schön schwer sein, sagte er sich. Und an den Nietungen rostig. Wie viele Kilo die wohl wiegt? Fünf? Acht? Zehn? Dank seiner Erfahrung eines Schauspielers in Ketten, der sich, an eine Barre geklammert, eine Wand entlangschiebt, kann er es anhand der Zeit, die zwischen zwei Schritten verstreicht, ziemlich genau schätzen, und er erschrak über das vermutete Gewicht. Er erriet, wie tief sie sich bei jedem Schritt ins Fleisch einschneidet, wie sie die Knöchel zermalmt. Das mit einem unheimlichen Echo hallende Geräusch ließ ihm das Blut gefrieren. Vielleicht ist es ein Kollege, sagte er sich, der ebenfalls ein intensives Training absolviert hat und nun seine Nummer vorführt.

Er wollte eben seinen Nachbarn, den Kantinendirektor, danach fragen, da ging plötzlich die Latrinentür auf.

Der Neuankömmling, zweifellos ein alter Komplize, wusste anscheinend genau, wo sich der Direktor versteckte. Er stand plötzlich da, nahm das Bündel Geldscheine entgegen, dass der andere aus der Hosentasche gezogen hatte, und verschwand. Sie hatten kein einziges Wort gewechselt, dann fiel die Latrinentür hinter ihm ins Schloss.

Das Geräusch der Eisenkette war verstummt.

Ein erschöpfter alter Gefangener? Oder der Auftritt eines Künstlers?

Der Junge spitzte die Ohren, hörte aber nur das Knistern der um die Glühbirne schwirrenden Nachtfalter.

Plötzlich drang von der Kantine her eine Männerstimme, die das Urteil des Sondergerichts verlas: »Ablehnung des Gnadengesuchs, unverzügliche Vollstreckung des Todesurteils!«

Überrascht erkannte der Junge wieder, was sein Wärter, der Aufseher im Ruhestand, ihm vorgelesen hatte: die gleiche Stimme, die gleiche Intonation, die fast gleichen Worte, nur diesmal in einem unsicheren Mandarin und mit einem ausgeprägten Sichuandialekt, ein Lokalkolorit, das die Szene komisch und auch laienhaft geraten ließ.

So aus der Ferne schien ihm der Auftritt eher schwach. Er vermisste die Überzeugungskraft der Proben in der Lagerhalle. Zwar entsprach alles dem von seinem Wärter aufgestellten Szenario, doch als die Identität des Verurteilten überprüft wird, hörte sich der Dialog wie ein Geflüster an, wie ein weit weg murmelnder Springbrunnen.

»Häftlingsnummer?«

Der Junge spitzt die Ohren.

»9413.«

Er lächelte nachsichtig. Er würde die Rolle viel besser spielen! Ganz sicher!

Er wartete ungeduldig, ja fieberhaft, dass die Reihe an ihm ist, lauschte aufmerksam, nickte zustimmend bei den richtigen Antworten seines Konkurrenten oder lächelte herablassend bei den fehlerhaften Antworten.

»Datum der Hochzeit …?«

»Geburt des zweiten Kindes …?«

»Name des Mannes der vierten Tochter …?«

»Namen der Enkel …?«

Als der Befragte eine Gedächtnislücke hatte und vergeblich nach einem Detail seines Familienstandes sucht, fragte sich der Junge, wie man bloß die Rolle eines Siebzigjährigen einem mindestens so Alten hatte anvertrauen können.

Seine Kritik wird harscher, als sich 9413, von seinen Handschellen befreit, in seine Garderobe zurückzog und – als die Richter, Gerichtsdiener und Polizisten gegangen waren – anfing zu trommeln.

Zwischen der Garderobe und den Latrinen lag nur ein gepflasterter Hof, sodass er das Trommelspiel sehr gut hören konnte: Es war das Prélude, das die Stumme immer trommelte, um ihre Tofukunden anzulocken, doch es fehlte die innere Begeisterung, die Frische, die Vitalität, die Koketterie, die Verführung ... die Überzeugungskraft, die er selber darein setzen würde. Du lieber Himmel! Was er da hörte, war ja ein Trauermarsch. Lahm, schwerfällig, es klang wie die Internationale!

Zum Glück bat der Trommler um eine Pause, weil ihn ein menschliches Bedürfnis überkam. Die Kette um seine Füße trug er sowieso, man legte ihm also nur die Handschellen wieder an, und zwei Aufseher begleiteten ihn zu den Latrinen.

Als sie den Hof überquerten, kam es dem Jungen vor, als läge zwischen jedem Schritt eine Ewigkeit.

Endlich erreichten die drei Männer die Latrinen. Eine der Wachen wartete mit dem Verurteilten draußen, während die andere in der Männertoilette jede Kabine kontrollierte.

Den Geräuschen nach zu urteilen, nahm man ihm dann wohl Handschellen und Fußkette ab.

Die nackten Füße des offenbar leicht hinkenden Sträflings schlurften über den Zementboden. Mit Einwilligung seiner Eskorte suchte er sich eine Kabine aus, weit weg vom Eingang und in der Nähe der Wand, hinter der sich der Kantinendirektor und der Neffe der Stummen versteckten. Die Tür fiel ins Schloss, die Aufseher gingen hinaus, damit der Mann sich in Ruhe erleichtern konnte.

Noch bevor er wusste, wie ihm geschah, wurde der Junge aus seiner Kabine und auf die andere Seite gezerrt. Alles ging blitzschnell. Jede Geste des Direktors war genau geplant, präzise, leise. Er hob den Jungen hoch, hieß ihn sich auf den an der Wand stehenden Karren stellen, schob ihn am Hinterteil, den Beinen, den Füßen wie ein Bündel über die Trennwand … das Kind verhaspelte sich in Spinnweben … blieb an Nägeln hängen … und plumpste in die Kabine nebenan.

Die Geräusche ließen die Wärter aufhorchen. Einer ging hinein und suchte misstrauisch mit dem Blick den Raum ab.

»Ist was?«

»Alles bestens«, antwortete der Verurteilte.

Ein alter Mann war wie ein Schatten neben dem Jungen aufgetaucht, riss ihm die Kleidung vom Leib und tauschte sie gegen seine gestreifte Hose und das Hemd mit der Kennnummer.

Im schwachen Licht der Glühbirne konnte der Junge die Züge des Alten immerhin gut genug erkennen, um festzustellen, dass sie einander auffallend ähnlich sahen. Auch der Direktor hätte, als er auf dem Karren stand und über die Trennwand schaute, nicht mit Gewissheit sagen können, wer von den beiden der Neffe der Stummen war und wer der alte Präsident. In seinem langjährigen Freund glaubte er, den an Progerie leidenden Jungen zu sehen; sie waren sich unleugbar sehr ähnlich: kahler Schädel, weiße Brauen, runzelige Haut, schmaler Körperbau, der Blick …

Der Alte bedeutete dem Jungen, ihm seine Schuhe zu geben: ein paar ausgelatschte, löchrige, stinkende Sneakers: Sie passten tadellos.

»Viel Glück«, flüsterte er ihm ins Ohr.

»Mach's gut«, antwortete der Neffe der Stummen.

Der Alte packte die Hand, die der Direktor ihm über die Wand hinweg reichte, schwang sich sportlich hinüber und verschwand geräuschlos.

Der Junge schlüpfte in den Kittel und in die gestreifte Hose des Gefangenen und trat aus der Latrine. Oh, er spielt seine Rolle perfekt! Er hockte sich hin, wie sein Wärter es ihm beigebracht hatte, hob die Hände, damit man ihm die Handschellen anlegen konnte, und lächelte nur, als die

Wärter das Kettenschloss um seine Fußknöchel zuschnappen ließen.

Auf größtmögliche Perfektion bedacht, bemühte er sich, beim Überqueren des Hofes nicht schneller zu sein als der alte Mann, und dessen hinkenden Gang nachzuahmen.

In der Garderobe angelangt, setzte er sich auf die Pritsche, streichelte mit der Fingerspitze die Trommel, nahm voller Zartheit – einer Zartheit wie der des Häutchens um den Spinattofu der Stummen – die Schlägel in die Hand. Die Schlägel glitten rhythmisch über das Blech der Trommel, und es klang fast wie ein Walzer im Dreivierteltakt.

Diese Spielweise überraschte die zwei Aufseher, und sie blickten ihn misstrauisch an. Um sie zu beruhigen, spielte er – nicht mehr auf dem Blech, sondern auf dem Trommelfell – den Tofuwalzer. Einer der Wärter pfiff die »Schöne blaue Donau« dazu, und der andere notierte in seinem Bericht: *Am Abend vor seiner Hinrichtung spielt 9413 ungerührt die Trommel. Nur sein Feuermal, das vorher rötlich-violett war wie dasjenige Gorbatschows, ist mit einem Mal schwarz und wie versengt und verrät seine Angst vorm Sterben.*

Der Bogart vom Wasserreservoir

Kurze Zeit nach dem Verschwinden meiner Mutter fand ich zuhinterst in einem muffig riechenden Schränkchen eine verblasste Goldlackschatulle, in der sie – wie Reliquien – einen rostigen Nagel aufbewahrt hatte, eine Haarsträhne, einen Kamm aus Kampferbaumholz (mit ein paar abgebrochenen Zinken), einen Ring, einen goldenen Fingerreif, ein Jadearmband und eine kupferne Patronenhülse.

Die Patronenhülse war etwa so groß wie die Revolverkugeln aus den Kriminalfilmen, doch das intensiv goldglänzende Material ließ einen eher an sakrale Gegenstände denken. Mich erinnerte es vor allem an das Feuerzeug meines Vaters. Er hatte es aus genau so einer feierlich glänzenden Patronenhülse selbst angefertigt, und er benutzte es nie, ohne es mit der Daumenkuppe zu streicheln und einmal darauf zu pusten.

Als ich mit dem Finger über die leere Hülse fuhr, hörte ich im Geist Mamas Stimme. Die Küche. Sie und ich. Ihre leise Stimme … das fröhliche Brutzeln der Speckwürfel … der Dampf … der Rauch … der Geruch des heißen Öls …

»Weißt du, als ich sein Gewehr zum ersten Mal gesehen habe … Hab ich dir das nie erzählt? Magst es glauben oder nicht, aber zu unserer Hochzeitsfeier hatte er tatsächlich die alte Knarre mit dabei. Ich träumte natürlich von einer Hochzeitsreise … ein paar Wochen nur wir beide … nach Hangzhou vielleicht, es soll dort wie in einem Paradies auf Erden sein … oder ins Tal des Gelben Drachen …

Doch dein Vater, der immerhin für die Wasserversorgung des Umerziehungslagers ›Morgenröte‹ verantwortlich ist, verdiente weniger als der Jüngste der zweihundert Lageraufseher. Man hatte ihm nicht einmal eine Dienstuniform gegeben, also trug er die Soldatenuniform aus der Zeit seines Wehrdienstes. Ich war die Tochter eines Landschullehrers und hatte eben erst meine Ausbildung in einer Recyclingwerkstatt für elektronische Abfälle angefangen. Mit den Flitterwochen wurde es also nichts. Wie auch immer: unsere Hochzeitsnacht bei Vollmond war schön! Den Stausee kannte ich ja, denn ich war vor unserer Heirat schon ein paarmal da gewesen. Zuerst glaubte ich, es sei ein künstlicher See. Doch in unserer Hochzeitsnacht habe ich es mir zum ersten Mal bewusst angesehen und mir wurde plötzlich klar, dass ich nun mein ganzes Leben am Ufer dieses schwarzen Wasservierecks verbringen würde ... Und weit und breit kein einziger Baum. Damals hoffte ich natürlich, dass dein Vater mir meine Familie und die Freunde von früher ersetzen würde.

Dein Vater hingegen saß rauchend am Ufer. Er hielt die Zigarette lässig mit drei Fingern in der hohlen Hand, daher nannten ihn alle nur noch Bogart. In jenem Jahr, 1990 war das, lief im Inselkino die ganze Zeit *Casablanca*, ein alter amerikanischer Schwarz-Weiß-Film, in dem Humphrey Bogart die Hauptrolle spielte und genau *so* rauchte.

Vor unserem Haus wartete eine Überraschung: Er hatte einen alten Traktorschlauch weiß angestrichen. Der stank nach Gummi, und um ihn herum wimmelten fette Schwimmkäfer. Er schob ihn ins Wasser, und ich schmierte mich zum Schutz vor Mückenstichen mit Kurkuma ein und setzte mich dann auf den Reif. Ich hielt den Atem an, nicht etwa aus Angst vor dem Ertrinken, im Sommer ist das Wasser ja nicht sehr tief, sondern weil ich ein Gewehr in den Armen hielt. Nachdem er den Schlauch zu Wasser gelassen hatte, war er nochmals kurz ins Haus gegangen und mit diesem Ding zurückgekommen und hatte es mir in die Arme gelegt. Ich war schrecklich enttäuscht, und mir war zum Weinen zumute, denn weißt du, damals gab es am Seeufer noch Blumen, Gladiolen, Sumpflilien, Narzissen und jede Menge Kornblumen, Nelken und Anis. Jede Menge! Er hätte doch einen Kranz für mich flechten können, oder? Doch nein, ein Gewehr war alles, was ich bekam! Mit nacktem Oberkörper und nur mit einem Slip und seiner Soldatenmütze bekleidet, schob er den Reifen watend und schwimmend ans gegenüberliegende Ufer.

›Was wird das, Bogart?‹, hab ich ihn gefragt. ›Eine militärische Übung vielleicht?‹ Er lachte, ja, er krümmte sich vor Lachen. Weder vorher noch je wieder habe ich ihn so lachen sehen. Dann flüsterte er mir zärtlich ins Ohr: ›Der Aufseher des Wasserreservoirs eines Lagers mit fünftausend Insassen braucht eine Waffe. Nicht wegen der Fischdiebe, sondern um die Ausreißer niederzuknallen! Warum ausgerechnet ein Gewehr Modell 1938, fragst du dich? Eine verbesserte Version des von Oberst Nagakami entwickelten Infanteriegewehrs Modell 1906? Warum keine Maschinenpistole, wie alle anderen sie haben? Weißt du, sie hat sich mir sozusagen aufgezwungen. Als ich sie im Waffenarsenal des Lagers entdeckte, wo sie wahrscheinlich schon seit einem halben Jahrhundert mit verbogenem Rohr, kaputter Sicherung und abgewetztem Kolben auf einem staubigen Regal gelegen hat, war mir, als sei das alte Monster lebendig. Es wartete auf mich. Ich hab's vom Staub befreit, und da ist auf dem Lauf das eingravierte Wappen des japanischen Kaiserhauses zum Vorschein gekommen. Was bedeutet, dass der Kaiser höchstpersönlich die Waffe einem Soldaten geschenkt hatte. Kein Mensch hätte gedacht, dass man die alte Büchse wieder instand setzen könnte. Nun, weißt du, dass dein Mann der beste Tüftler weit und breit ist? Der sogar einen kleinen Traktor entwickelt hat, der auf den schmalen Feldern der Farm der *Morgenröte* eingesetzt werden kann? Ich hab schon in der Armee Gewehre repariert, aber diesmal hab ich lange gebraucht, bis ich herausgefunden hatte, wie ich die verschiedenen Teile des Laufs anpassen musste. Das Schwierigste war, die Neigung des Abzugs einzustellen; es fehlte eine Feder, die habe ich in der Lagerschmiede selber herstellen müssen.‹

Das Wappen stellte eine schwarze Chrysantheme dar, die glänzte wie das schwarze Rohr. Ich hätte sie gern berührt, doch ich hatte Angst, das alte Monstrum könnte aufwachen … schließlich war es, laut deinem Vater, noch lebendig, oder?

Wir überquerten den See, legten an einer Böschung an und gingen einen sanft ansteigenden, gewundenen Pfad durch das hohe Gras hinauf bis auf den Hügel. Zu unseren Füßen erstreckte sich das Tal. Ringsum herrschte Stille. ›Halt!‹, hat dein Vater gerufen, und wir setzten uns hin. Er wischte die Waffe sorgfältig ab und drückte den Abzug, um zu prüfen, ob alles in Ordnung war. Dann zeigte er mir, wie man sie richtig hält und kniend in Stellung geht. Die Abendnebel schwebten über den Hügeln, und Tau netzte das Gras. Er schob eine Kugel in die Kammer. Ich legte das Kinn an den Kolben und spürte die Waffe atmen. Genau wie er gesagt hatte: Sie war ein lebendes Wesen. Ich hielt den Atem an und zielte. Doch als ich das eine Auge zukniff, erwachte das alte Ungeheuer – sofort musste ich daran denken, wie dein Vater es genannt hatte – zwischen meinen Fingern, und der Schuss ging von selbst los. Der Geruch nach verbranntem Pulver kitzelte mich in der Nase, und der Rückstoß war so heftig, dass ich glaubte, ich sei mitten ins Herz getroffen worden. Der Schuss war aber zu flach, und die Kugel hüpfte wie eine Heuschrecke durchs hohe Gras.

›Na ja, man sieht, dass du die Tochter eines Dorfschullehrers bist‹, meinte dein Vater etwas verärgert. Er nahm die Waffe, legte sich bäuchlings ins Gras, lud sie, zielte und drückte ab. Ein echter Infanterist! Als der Schuss losging, zuckte er nicht mit der Wimper und blickte bloß versonnen den Rauchwölkchen nach. Man sah, dass der

Knall und die aufgescheuchten Vögel ihm großen Spaß machten.

Als es wieder still geworden war, hob er die zwei leeren Patronenhülsen auf. Eine gab er mir, die andere behielt er. Ohne ein Wort zu sagen. Du kennst ja deinen Vater! Bogart ist eher zugeknöpft. Aber die Geste berührte mich. Die zwei Hülsen besiegelten den Pakt, der uns von nun an als Mann und Frau verband.«

Die goldglänzende Hülse, die sie wie eine Reliquie in der Lackschatulle aufbewahrt hatte, trug eine winzige, mit der Spitze eines Taschenmessers eingeritzte Inschrift. Zuerst dachte ich, es handle sich um eine Chrysantheme. Beim genauen Hinsehen stellte ich jedoch fest, dass es sich um das Datum ihres Hochzeitstages handelte: 7. März 1992, auf den Tag genau zehn Monate vor meiner Geburt.

II

In einem meiner alten Schulhefte, die meine Mutter zuhinterst in ihrem muffigen Schränkchen aufbewahrt hatte und die nach ihrem Verschwinden wieder in meinen Besitz gelangten, fand ich den Text einer Lektion, die ich aus der *Chinesischen Volkszeitung* abgeschrieben hatte: eine Reportage im typischen Stil der Revolution, mit der Überschrift: »Der Große Vorsitzende Mao besucht den Ming-Gräber-Stausee.«

Zugegeben, außer zwei oder drei bemerkenswerten Sätzen waren die majestätisch-pompösen und von proletarischer Romantik geprägten Schilderungen schlicht langweilig. Als Kind hatte ich sie hundert, zweihundert Mal über mich ergehen lassen und sie, Wort für Wort, auf kariertes Papier abschreiben müssen, und das meiste war mir zu hoch gewesen. Immerhin hatte ich begriffen, dass es um die Segnungen des sozialistischen Systems ging. Und dass allein unser allmächtiger Staat in der Lage war, derart pharaonische Projekte zu verwirklichen, um den dringenden Anforderungen einer modernen Landwirtschaft gerecht zu werden. Und dass das Wort »Wasserreservoir« – ein ganz alltägliches Wort in China und erst recht in unserer Familie – auf politischer und wirtschaftlicher Ebene Synonym für das Wohl des Volkes war. »In Klimazonen mit geringen Niederschlägen braucht man für die Landwirtschaft entsprechend dringend Wasserspeicher«, schreibt der Autor, laut dem das Wort »Wasserreservoir« im Vokabular der westlichen Sprachen angeblich fehlt. Millionen und Abermillionen von unglücklichen Europäern oder Amerikanern sei »Wasserreservoir« ein weitgehend unbekannter Begriff – einmal abgesehen von denjenigen, die die Geschichte der Gärten von Versailles studiert hätten. Und er schilderte die von Frankreichs König zum Entzücken der Hofdamen angelegten Wasserbecken mit ihren Springbrunnen und Wasserspielen. Allerdings hatte im 19. Jahrhundert auch die New Yorker Stadtverwaltung ein Wasserreservoir mit Pumpstationen gebaut, sodass von nun an bei der Stadt angestellte New Yorker Feuerwehrleute über Wasser aus Druckrohrleitungen verfügten, um Brände zu löschen. Wie schrieb der Autor dieser Reportage weiter so schön: »Wir chinesischen Kommunisten produzieren kein Wasser, aber wir finden es! Wir sammeln es, stauen es und können überall bewässern, wo es sich als notwendig erweist.«

Beim Lesen dieses alten Textes stieg mir der Geruch des furnierten Kastens, meines alten Schreibtischs, wieder in die Nase. Der Kasten war so hoch, dass ich beim Schreiben die Unterarme darauf legen musste. Ich sah meinen um den kratzenden Füllfederhalter verkrampften Daumen vor mir. In jedem Schriftzeichen, in jeder Zeile spiegelte sich meine kindliche Bewunderung für Bogart, den Wärter unseres Wasserreservoirs, dessen amtliche Bezeichnung – »Wasserreservoir des Landgutes Morgenröte« – in eine granitene Stele eingemeißelt war. Es war zwar tausendmal kleiner und bescheidener als dasjenige der dreizehn Ming-Gräber, das Mao besichtigt hatte, war aber nichtsdestoweniger ein gewaltiges Unternehmen, ein von den Gefangenen in den Sechzigerjahren vollbrachtes, einmaliges technisches Wunder. Das von den schneebedeckten Gipfeln im Norden der Insel strömende Wasser durchquert in Kanälen und Aquädukten, die für die eindrückliche Schönheit und Kühnheit ihrer Arkaden berühmt sind, den Elefantenrüsselberg, Schluchten, Gebirgsrücken und das Kampfertal, fließt über dreigeschossige Bogenbrücken, die Becken und Brunnen speisen, ergießt sich über die Flanke des Bambusberges und durch Druckrohrleitungen in den kubischen Krater unseres Stausees, an dessen acht Meter dicken und dreizehn Meter hohen Stauwänden sich dichter Efeu rankt.

Ja! Dreizehn Meter hoch! Was für ein Schauspiel, wenn mein Vater die genau an die Gräben angepassten Schleusen öffnete. Der Überreichtum von Steinen hatte es ermöglicht, die Gräben damit auszukleiden, um das Wasser auf einem konstanten Niveau zu halten. Stellt euch das Donnern vor, wenn die Fluten sich ins Becken ergossen, bis das Wasser den gewünschten Pegelstand erreicht hatte.

Unser See war von ökologischen Katastrophen verschont worden – anders als die anderen Stauseen der Insel. Im »See der Solidarität«, der größer war als unserer, waren zehn Tonnen Fisch durch Schwermetalle vergiftet worden, und der Verwesungsgeruch hatte wochenlang die Luft verpestet. Das Wasser des Reservoirs »Ostwind« hatte Hunderte Hektar Wassermelonen verseucht – die Wassermelonen dort aus der Gegend waren weitum berühmt für ihren süßen Saft, der einem über die Unterarme bis zu den Ellbogen lief, wenn man in einen Schnitz biss –, und die Bauern hatten riesige smaragdgrüne Früchte geerntet, die innen ganz hohl waren, ohne auch nur ein Fitzelchen Fruchtfleisch.

Bogart hatte also seinen Posten behalten, hatte weiterhin fünfmal täglich mit oder ohne seine alte japanische Flinte seine Runden gedreht, hatte seine Schubkarre mit Spitzhacke, Kies, Zement und Sand beladen und Wartungsarbeiten ausgeführt.

(Bogart war etwas kleiner als Mama, aber er war stämmig, hatte muskulöse Arme und kräftige Hände.)

»Ich frage mich wirklich, warum ich ausgerechnet einen Mann geheiratet habe, der kein bisschen Ehrgeiz hat!«, klagte meine Mutter ständig. Sie hatte andauernd etwas zu meckern, warf ihm vor, er habe keinen Schneid, weil er nicht nach Guangzhou oder Shanghai auswandern wollte wie Millionen chinesischer Bauern, die ihre Felder verlassen hatten, um in einer Fabrik zu arbeiten. Oder im Zentrum der Insel ein Restaurant zu eröffnen ... eine kleine Geflügel- oder Schweinezucht zu betreiben ... ein anständiges Haus zu bauen ... ein Kleider- oder Schuhgeschäft für die Lageraufseher aufzumachen ... ein Stück Land zu pachten und Kartoffeln anzupflanzen ... Nichts. Sie hatte rein nichts unternehmen können, außer vor unserem Häuschen mit dem grauen Ziegeldach ein Blumenbeet anzulegen, »ein Beet so groß wie ein Taschentuch«, aber ein kariertes, besticktes, rautenförmiges »Taschentuch«, das wie ein bunter Teppich leuchtete.

Meine Mutter irrte sich.

Bogart hatte einen Ehrgeiz, den er übrigens nie verheimlicht hatte: Er setzte seinen ganzen Ehrgeiz in mich!

Er stammte aus dem Nordosten Chinas, aus der Mandschurei – die eine Zeit lang ein von Japan regierter Staat gewesen war –, dem Land der Schlittschuhläufer. Daher wollte er mich auf dem Eis umherwirbeln sehen. Er träumte davon, aus mir, seiner einzigen Tochter, eine berühmte Eiskunstläuferin zu machen.

»Wo sonst gibt es eine so großartige Eisbahn wie unseren Stausee im Winter?«, sagte er immer. »Selbst die Nationalmannschaft beneidet uns darum.«

Ich habe ihn nie enttäuscht. Schon als kleines Mädchen stieg ich begeistert aufs »Eisfloß«, das er für mich gebaut hatte, ein Bambusfloß auf Eisenstangen. Und ich erinnere mich sogar, wie gerührt er war, als er feststellte, dass ich mit drei Jahren ohne Hilfe auf dem gefrorenen Stausee gehen konnte. Also befestigte er Eisenklingen an den Sohlen von Gummistiefeln – und fertig waren die Schlittschuhe.

»Die Leute hierzulande«, sagte er, »laufen steif wie Stecken Schlittschuh. Nur meine Tochter –

ein echtes Kind des Nordostens, wo das Schlittschuhlaufen einem angeboren ist – gleitet mit der richtigen Vorwärtsneigung des Oberkörpers über das Eis.«

III

Eines Morgens – die Sonne war kaum aufgegangen – hörte man bereits Pickelschläge vom zugefrorenen See her: Bogart haute mit kräftigen Schlägen ein Loch ins Eis. Dann war es still. Und dann hörte ich das Knirschen seiner Soldatenschuhe. Er besaß weder Schlittschuhe noch Lederstiefel, mein armer Trainer. Er ging etwa zwanzig Schritte, blieb stehen … Und wieder hallten Pickelschläge: Er schlug ein zweites Loch ins Eis.

Er bereitete eine Trainingsstunde vor. Mein Training. Wenn das Eis vor lauter Bogen und Pirouetten und Dreiern völlig zerkratzt war, schöpfte Bogart Wasser aus einem der Löcher in ein großes Fass, schob es auf einer Schubkarre weiter und goss dann ein paar Eimervoll auf die Fläche. Das Wasser gefror auf der Stelle und bildete eine neue spiegelglatte harte Schicht. Das »Eisgießen« war eine mühselige Arbeit, doch umso notwendiger, weil in jenem Jahr wegen einer Dürre – wie man sie seit vierzig Jahren nicht mehr erlebt hatte! – der Stausee noch knapp drei Meter tief war und die Fläche sich daher beträchtlich verkleinert hatte.

Ich kroch aus der wohligen Wärme meiner dicken Steppdecke und stellte die Füße auf den kalten Linoleumboden. Eine wahre Heldentat. An den Fensterscheiben glitzerten dicke Eisdolden. Mit der Hose noch um die Kniekehlen, hakte ich den Büstenhalter zu – ein alter Büstenhalter meiner Mutter, den sie zwei Monate vor ihrem Verschwinden auf den Umfang meines Busens einer Dreizehnjährigen abgeändert hatte –, streifte drei Rollkragenpullover über, einer wärmer als der andere, zog meine schöne dunkelrote Steppjacke an, holte die Schlittschuhe unter dem Bett hervor und ging noch verschlafen die Treppe hinunter. Der Widerschein des Schnees blendete trotz des bedeckten Himmels so sehr, dass ich einen Moment auf der Schwelle stehen blieb.

Als Bogart die Eisfläche fertig gewässert hatte, steckte er sich eine Zigarette an. Die Wasserspritzer an seinen Kleidern waren gefroren und hüllten ihn in einen durchscheinenden Eispanzer. Während meines Trainings hatte er stets drei unentbehrliche Dinge in Reichweite: eine Thermosflasche mit warmem Wasser, weil ich genügend trinken musste; einen Besen, um die Eisfläche zu wischen; und eine lange Stange mit einem

Seil daran, um mich notfalls zu retten, falls ich in ein Eisloch fiel, was mir vor zwei Jahren tatsächlich einmal passiert war. Als er mich aus dem Wasser gefischt hatte, war ich derart durchgefroren, dass ich ganze drei Tage im Bett bleiben musste, bis mir endlich wieder warm war.

Am frühen Morgen fing ich unter dem strengen Blick meines Trainers an, Figuren zu fahren. Zuerst ganz einfache: kleine Sprünge, Pirouetten, Viertelkreise. Dann schwierigere, die Bogart sich ausgedacht hatte, denn er entwickelte sich allmählich zu einem phantasievollen Choreografen. Er hatte ein Fernsehgerät und einen Rekorder gekauft, um nicht nur sämtliche Eiskunstlaufübertragungen aufzuzeichnen, sondern auch noch Turniertanz und Turmspringen. Er entwarf die Choreografien in seinem Wärterkabäuschen neben unserem Esszimmer. Oft verließ er es erst abends, ganz erschöpft, aber nur um nach dem Essen wieder dort zu verschwinden. Wenn er mit seiner Arbeit zufrieden war, erklärte er meiner Mutter und mir ausführlich die neuen Figuren – obwohl er sonst eher wortkarg war –, und ich meine manchmal noch zu hören, wie in seiner Stimme eine Begeisterung mitschwang, die mich bis in die Zehen durchdrang. Meine Schlittschuhe zeichneten seine perfekten geometrischen Figuren ganz genau nach. »Das ist reinste Militärästhetik«, machte meine Mutter sich oft über ihn lustig. Sie hatte nicht ganz unrecht. Ihr gefiel vor allem das Tänzerische am Eislaufen. Sie sah mich gern auf einem Fuß drehen und drehen und drehen oder mit der Kufe eine einen Meter fünfzig große Taube aufs Eis zeichnen.

Dann klingelte an jenem Tag bei uns das Telefon. Eine gute Nachricht. Die Lohnbuchhaltung ersuchte meinen Vater, sich im Büro zu melden, um sein Novembergehalt in Empfang zu nehmen, das seit fast drei Monaten überfällig war.

Bevor er wegging, legte er mein weiteres Trainingsprogramm fest: ein Sprung auf einem Bein, zwei volle Drehungen in der Luft und Landung auf dem anderen Bein. Mit meinen Knieschonern, den Beinwärmern, den Ellbogen- und Gelenkschonern und einem Motorradhelm sah ich von Weitem aus wie ein Kosmonaut.

Kaum war er weg, fuhr ich, statt der vorgegebenen Übung, die Lieblingsfigur meiner Mutter. Es begann zu schneien, und ich weiß nicht, wie viele Tauben meine Schlittschuhe an jenem Tag aufs Eis gezeichnet haben: einmal mit dem linken, einmal mit dem rechten Bein … bis hin zur letzten, die so perfekt war, dass meine Mutter einfach baff gewesen wäre: ein dünner, gerader Schnabel, die ausgebreiteten Flügel und die geschwungene Schwanzfeder … als würde sie gleich davonfliegen. Ich tanzte für sie, für meine Mutter, tanzte stundenlang auf dem zugefrorenen Stausee, ohne müde zu werden, denn es war, als ob das Eis mit meinen Schlittschuhen verschmolz.

Mit der Zeit war die Eisfläche vollständig zerkratzt, und als ich den Sprung üben wollte, den mein Vater mir aufgegeben hatte, stolperte ich über die Rillen, die die Taubenfiguren ins Eis geritzt hatten. Ich versuchte, sie zu vermeiden, aber es waren so viele, dass an Springen nicht mehr zu denken war.

Also beschloss ich, das Eisfeld selbst zu wässern.

Die Karre war schwer, obschon der Kanister noch leer war. Die vom Rost zerfressenen Räder kreischten in der Stille. Es war eine echte Leistung, sie bis zu einem der Eislöcher zu schieben, an dessen Rand das unentbehrliche wertvolle Trainerzubehör meines Vater lag: die Thermosflasche, der Besen, die Bambusangel.

Weißer Dampf stieg aus dem Eisloch. Als ich den Eimer hineintauchte, war es, als dringe er durch gefrorene Nebelfetzen – durch ein vereistes Spinnennetz.

Um mir die Sache zu erleichtern, hatte ich das Seil am Griff befestigt. Ich hörte, wie der Eimer auf dem Grund an irgendetwas anschlug, zog ihn wieder hoch, goss das Wasser in den Kanister und tauchte ihn ein zweites und ein drittes Mal ins Wasser. Der Eimer war nur auf dem schlammigen Grund aufgeschlagen.

Der Kanister war fast voll, also hätte ich aufhören können. Aber ich tauchte den Eimer ein viertes Mal ins Wasser, und der Eimer stieg zitternd und unendlich langsam an die Oberfläche und war so schwer wie eine dreiundfünfzig Kilo schwere Leiche. So viel wog meine Mutter.

Natürlich bildete ich mir das nur ein. Der Eimer war kaum schwerer als zuvor, aber ich hatte mit dem Wasser einen Schuh heraufgezogen: einen weißen Nike-Schuh mit blauem Streifen und rotem Nike-Logo. Ich erkannte ihn gleich wieder: Der Schuh gehörte meiner Mutter, die vor vier Monaten verschwunden war.

Ich kniete mich wie betäubt hin, und die Gedanken wirbelten durch meinen Kopf wie totes Laub in einem Sturm, während tanzend eine Schneeflocke auf den Turnschuh fiel – was für ein graziöser Tanz, was für ein überirdischer Frieden. Die Luft war plötzlich wie aus Watte, schien den Fall dieser so vertrauten Erscheinung zu verlangsamen. Ein schwaches Zittern. Ein Strahl brach sich in einer ihrer Facetten, der Widerschein so schön wie zart. Ich hielt den Atem an aus Angst, er könne verlöschen. Lange sah ich zu, wie dieses kleine weiße Kissen schmolz und, ohne auch nur die geringste Spur zu hinterlassen, auf dem tropfnassen Schuh verschwand, um den sich rasch eine dünne Eisschicht bildete.

Die Sonne verschwand wieder hinter den Nebelschwaden. Ich horchte auf. Glaubte, Knirschen zu hören, stellte mir erschrocken vor, sie würde unter dem Eis auftauchen. Mit einem beschuhten und einem bloßen Fuß.

Da ließ ich das kostbare Erinnerungsstück fallen, und es schlug leise klirrend auf dem Eis auf. Ich schlüpfte aus meinem Kosmonautenanzug und sogar aus der blauen Lycraunterhose, die beim Abstreifen kleine blaue Blitze an meinen Beinen erzeugte. Und tauchte ins dampfende Eisloch. Die Kälte durchschnitt meine Haut wie tausend Klingen. Ich spürte weder meinen Kopf noch meinen Rumpf noch meine Beine noch meine Füße. Nur noch die Fingerspitzen, die auf dem Grund einen langen Knochen berührten. Einen Oberschenkelknochen, wie ich später feststellen sollte.

IV

Zwischen dem Tag, an dem ich erfahren hatte, dass sich der Gesundheitszustand meiner Mutter zusehends verschlimmerte, und meinem Tauchgang durch das Eisloch lagen nur wenige Monate.

Irgendwann im Mai war meine Mutter mitten in der Nacht barfuß in mein Zimmer gekommen. Sie kam, ohne das Licht anzumachen, an mein Bett und bat mich flüsternd, morgen gegen dreizehn Uhr zu ihr in die Werkstatt zu kommen, denn sie wusste, dass ich da schulfrei hatte. »Kein Wort zu deinem Vater! Es soll unser kleines Geheimnis bleiben«, ermahnte sie mich.

Die ein paar Kilometer vom Stausee entfernte »Werkstatt der fünf Fichten« war ungefähr so groß wie das Fußballfeld meiner Schule. Allerdings gab es weder Tribüne noch Stufen, dafür eine hohe Mauer ringsherum. Anfang des letzten Jahrhunderts befand sich hier die Ziegelei des gleichnamigen Dorfes. Der Ziegelofen war außer Betrieb, der dreißig Meter hohe Schornstein ragte zwar immer noch in den Himmel, aber aus allen Mauerritzen wucherte das Unkraut. Von der zur Zeit des Sozialismus gebauten Trockenanlage waren nur noch das Dach und vier Zementsäulen übrig geblieben und bildeten so eine Art Unterstand. Zur Mittagessenszeit war der Werkplatz wie ausgestorben. Ich sah mich zwischen den riesigen Abfallwannen, in denen sich Elektroschrott stapelte, nach Mama um. Die meisten waren bis obenauf mit Autobatterien gefüllt, mit Leidener-Flaschen, Akkus ... Nirgends ein Farbfleck. Die Wannen, die Gehäuse, die Einzelteile ... alles aus Metall oder Kunststoff, Grau in allen Schattierungen: die Farbe des Bleis, des Einzigen, was in der »Werkstatt der fünf Fichten« recycelt wurde.

Hier verblühte in einer Wanne so groß wie ein Autobus die düsterste Blume der Welt. Hier, zwischen den Bleipastedosen, den rostfreien Gittern, den Ölabscheiderfiltern, den Akkus, flatterte der blasseste Schmetterling der Welt: meine Mutter.

»Ich will zum Arzt. Aber nicht allein. Ich fürchte mich vor der Diagnose«, sagte sie mir. Sie hatte sich dazu wegen ihrer Gedächtnislücken entschieden, erklärte sie mir auf dem Weg ins Krankenhaus. Bei der Arbeit fiel diese Schwäche nicht weiter auf, weil sie mechanisch immer die gleichen Bewegungen ausführte. Doch sie konnte sich nicht mehr an die Geschichten erinnern, die sie doch so oft vor ihren Kolleginnen zum Besten gegeben hatte, Schauergeschichten, Geschichten von Todeskandidaten.

»Wie die von Doktor Ma?«

»Die von Doktor Ma?«

»Weißt du nicht mehr? Du hast sie uns doch einmal beim Abendessen erzählt. Papa hat sich fürchterlich aufgeregt und hat gesagt, wenn jemand dich anzeigt und die Direktion erfährt, dass jemand im Lager Geschichten von Organentnahmen bei Hingerichteten verbreitet, würde man ihn zur Rechenschaft ziehen und entlassen.«

»Wirklich? Ich kann mich nicht an diese Geschichte erinnern.«

»Wirklich nicht? Doktor Ma hatte an einer berühmten medizinischen Fakultät studiert und war vom Staat in die Klinik des Lagers beordert worden. Doch nicht etwa, um die Gefangenen oder die Aufseher oder gar den Direktor zu behandeln. Sein Fachgebiet war ein streng gehütetes Staatsgeheimnis. Und bestand darin, den Hingerichteten direkt nach der Exekution die Organe zu entnehmen. Er galt als der flinkste Chirurg Chinas und als Meister seines Fachs. Er hatte seine Aufgabe jahrelang tadellos und mit größter Diskretion erfüllt. Die von ihm entnommenen Organe wurden auf der Stelle mit Hubschraubern, die in unmittelbarer Nähe des Hinrichtungsplatzes bereitstanden, in Eisboxen in die entsprechenden Krankenhäuser gebracht, wo alles für die Transplantation vorbereitet war. Er arbeitete rasch und ungerührt, der menschliche Körper hatte für ihn keine Geheimnisse. Bis zu dem schicksalhaften Tag! Alles war wie vorgesehen abgelaufen. Der Sträfling hatte, im Tausch gegen ein fürstliches Essen, die Genehmigung für die Organspende unterschrieben. Und er war durch Erschießen hingerichtet worden.

Der Gerichtsarzt bescheinigte seinen Tod. Drei Assistenten von Doktor Ma trugen die Leiche zu einem Krankenwagen, der in zwanzig Metern Entfernung wartete und in dem alles für den Eingriff vorbereitet war. Man legte den Toten auf einen supermodernen Operationstisch *made in Germany*. Doktor Ma griff nach seinem Skalpell und schnitt den Bauch des Hingerichteten auf. Er lokalisierte die Nieren, setzte das Skalpell an, entfernte sie, reinigte sie, und da ein Teil der Eingeweide aus dem Abdomen geglitten war, griff er nach einer Schere und schnitt sie kurzerhand ab. Plötzlich erwachte der Mann und setzte sich auf dem Operationstisch auf, obwohl er ziemlich schwach wirkte. Er starrte den Chirurgen an und versuchte, ihn zu erkennen. Da er kurzsichtig war, tastete er nach seiner Brille, doch er fand nur seine Eingeweide und versuchte sie sich wieder in den Bauch zu stopfen. Dann fiel er vornüber, würgte, als müsse er sich übergeben, hob den Kopf, blickte Doktor Ma noch einmal an und spuckte ihm Blut ins Gesicht. Die blutige Spucke – ein dicker karmesinroter Batzen – landete auf der Nase des Chirurgen und lief ihm über das Kinn. Dr. Ma stieß einen markerschütternden Schrei aus … und das war der Beginn seiner Demenz. Seit jenem Tag tat er nichts anderes mehr, als sich zwanghaft die blutige Spucke von der Nase zu wischen.«

Langes Schweigen folgte. Mama strengte sich offensichtlich an, sich diese Geschichte ins Gedächtnis zu rufen. »Das ist doch verrückt, ich kann mich überhaupt nicht erinnern.« Und ein paar Schritte weiter fügte sie an: »Die Geschichte muss ja auch alt sein. Vor einem Jahr hat die Regierung doch beschlossen, die Hinrichtungsprozedur zu ändern. Man erschießt die Verurteilten nicht mehr, sondern bringt sie mit einer Spritze um. Übrigens, dazu hat man mir eine lustige Geschichte erzählt … aber die fällt mir nicht mehr ein.«

»Ist es vielleicht die Geschichte des Mannes, der für Doktor Ma arbeitete und wegen Dissidententum und Spionage zum Tode verurteilt wurde?«

»Möglich. Erzähl mal!«

Man hatte ihn in einem Krankenwagen auf eine Trage gelegt und an den Handgelenken und den Knöcheln festgeschnallt. Doch in dem Moment, als man die Nadel in seinen Arm stach, erschien ihm Gott an der Himmelspforte, wo Engel – entzückende junge Mädchen – zu seinem Empfang die Schwelle kehrten. Ein langer transparenter Gummischlauch verband die in seinem Arm steckende Nadel mit einem supermodernen europäischen Gerät, das neben dem Krankenwagen stand. Er wurde von einem ehemaligen Eliteschützen bedient, der in einer kurzen Intensivausbildung zum Arzt umgeschult worden war. Mit weißen Handschuhen ausgestattet, die der Hersteller mit dem Gerät geliefert hatte, setzte er die Pumpe in Gang und verpasste dem Todeskandidaten eine tödliche Dosis Gift, die selbst zehn Stiere umgebracht hätte. Eine Überwachungskamera filmte die in der Vene des Verurteilten zitternde Nadel. Der Mann schloss mit einem seligen Lächeln auf den Lippen die Augen, um freudig ins Jenseits einzugehen. Das injizierte Produkt hätte den Herzschlag innerhalb von zehn Sekunden stoppen sollen. Man wartete. Fünfzehn Sekunden … zwanzig … dreißig … sechzig … Nach fünf Minuten kletterte der Rechtsmediziner in die Ambulanz, um den eingetretenen Tod festzustellen. Wie die Regel es verlangt, kniff er den Mann in die Wange und stellte ihm eine rein formelle Frage:

»Wie heißt du?«

»Jesus«, antwortete der zum Tode Verurteilte und sperrte die Augen weit auf.

Mama hielt sich den Bauch vor Lachen. »Was ist passiert? Warum hat es nicht geklappt?«

»Weißt du denn nicht mehr? Du hast mir diese Geschichte doch erzählt?«

»Du meine Güte! Wie habe ich dir nur eine solche Geschichte erzählen können! Dein Vater hat recht. Er könnte tatsächlich meinetwegen seinen Posten verlieren.«

»Erinnerst du dich an die Pointe?«

Das injizierte Mittel war eine billige Kopie! Es tötete nicht, löste aber grausame Schmerzen aus, und der arme Teufel litt unsäglich. Das Ganze dauerte mehrere Stunden. Die reinste Hölle. Er brüllte wie ein Wahnsinniger vor Qual, bettelte, man soll ihn erschießen, ihn zu den Engeln gehen lassen, die für seinen Empfang die Schwelle des Paradieses kehrten. Er schrie dermaßen, dass nach und nach jegliche mystische Vision verblasste und sein Paradies schließlich verschwand. Bis zum letzten Atemzug verlangte er dann mit vollem Recht, dass man den Brauch aus den alten Zeiten gelten ließ: Wenn nämlich jemand die

Hinrichtung überlebte, wurde er vom Kaiser begnadigt. Doch die Partei sah das anders: Man spritzte ihm ein anderes Produkt, kein Generikum diesmal.

Im Krankenhaus drängten sich die Menschen so dicht, dass man sich wie auf einem Marktplatz vorkam. Und man musste sich mühsam einen Weg durch die wartenden Kranken und ihre Angehörigen bahnen. Die Sprechzimmer barsten. Einige Dienste waren überbelegt. Wohin man auch sah, endlose Warteschlangen. Wie Drachen mit einem Schalter anstelle eines Kopfes. Ihre Leiber schlängelten sich durch die Eingangshalle, verlängerten sich in den Gängen und reichten manchmal über den Hof und bis auf die Straße.

Zuerst mussten wir uns in eine Schlange einreihen, um den Ausweis zu beantragen, der für die ärztliche Behandlung erforderlich war.

Dann in eine zweite Schlange, um eine Krankenakte auszufüllen.

Dann in eine dritte Schlange, um eine Nummer entgegenzunehmen, mit der wir uns in eine vierte Schlange, die längste und langsamste, stellen durften.

Nach einem Jahrhundert näherte man sich einer Sprechzimmertür. Die Hitze. Der Geruch, eine Mischung aus Schweiß, Krankheit, Medikamenten. Die erstickende Luftfeuchtigkeit. Im zehn Quadratmeter großen Raum drängten sich bereits mindestens zwanzig Patienten, einer kreideweißer als der andere, manche rangen völlig erschöpft nach Luft.

Endlich kam Mama an die Reihe. Sie setzte sich dem Arzt gegenüber auf einen Stuhl. Er fragte sie nach ihrem Namen, ihrem Alter und andere Dinge, darunter auch nach dem Zivilstand. Er notierte, ohne sie auch nur anzusehen, ihre Antworten in ein leeres Heft, ihre zukünftige Krankenakte. Erst als sie die »Werkstatt der fünf Fichten« erwähnte, blickte er auf und fragte: »Ist das Foto meines Sohnes da auf dem Schreibtisch in Farbe oder Schwarz-Weiß?«

»Farbig.«

»Gut. Das freut mich für Sie«, sagte der Arzt, »denn sehr viele Arbeiter aus Ihren Werkstätten leiden an Daltonismus.«

Ich hatte den Eindruck, im Raum sei es still geworden und alle würden die Ohren spitzen, um ja kein Wort von dem Gespräch zu verpassen. Das Gesicht des Arztes verdüsterte sich, je länger Mama ihm ihre Symptome schilderte, ihre Gedächtnislücken, ihre Reizbarkeit erwähnte.

Er zeigte auf mich:

»Ist das Ihre Tochter?«

»Ja, begrüße den Herr Doktor!«

Ich gehorchte. Und er fragte mich:

»Warum hast du gelächelt, als deine Mutter vorhin gesagt hat, sie sei häufig gereizt?«

»Ich musste an einen Film denken, den mir ein Schulkamerad gezeigt hat.«

»Erzähl mal!«

»Seine Mutter arbeitet auch in der ›Werkstatt der fünf Fichten‹. Vor ein paar Tagen hat sie mit ihrem Handy Mama gefilmt, wie sie sich mit einem Vorarbeiter streitet, weil sie das so beeindruckt hat.«

Er wandte sich an Mama: »Erinnern Sie sich?«

»Eigentlich nicht.«

»Doch. Das musst du doch noch wissen?! Es war wegen des Mittagessens«, versuchte ich ihr auf die Sprünge zu helfen. Aber sie reagierte nicht.

»In ihrer Werkstatt«, erklärte ich dem Arzt, »gibt es keine Kantine. Am Mittag verteilt ein Vorarbeiter Plastikdosen mit einer Mahlzeit an die Angestellten. An jenem Tag hat Mama festgestellt, dass sie als Einzige kein Ei bekommen hatte. Sie hat sich beschwert. Und er hat sie beschimpft. Und so ist es zum Streit gekommen.«

»Ich erinnere mich leider überhaupt nicht mehr daran«, sagte meine Mutter zerknirscht.

Ein zustimmendes Murmeln ging durch die wartende Menge. Der Arzt suchte in seinen Taschen, zog dann einen Schlüsselbund hervor, einen Füller, einen Personalausweis, eine Pfeife und reihte alles auf dem Schreibtisch auf.

»Sehen Sie sich diese Gegenstände genau an, und versuchen Sie, sie sich zu merken. Gut so? Kann ich sie entfernen?«

»Ja.«

Er steckte die Gegenstände wieder in die Tasche.

»Zählen Sie auf, was ich gerade vorhin auf den Schreibtisch gelegt habe.«

Trotz ihrer Anstrengung, sich zu konzentrieren, konnte Mama nicht einen der Gegenstände nennen und brach in Tränen aus. Ich ging aufgewühlt zur Tür, bahnte mir einen Weg durch die wartende Menschenmenge, schloss mich auf der Toilette ein und weinte sehr. Als ich mich wieder gefasst hatte, fand ich Mama in der großen Wartehalle in der Schlange vor dem Schalter für Patienten »ohne Sozialversicherung oder Privatversicherung«, um die vom Arzt angeordneten Untersuchungen im Voraus zu bezahlen: ein Blutstatus und eine Hirnscanneruntersuchung.

»So oder so«, sagte Mama, »ich lasse nur die Blutuntersuchung machen.«

»Und warum nicht auch die andere?«

»Bist du wahnsinnig? Weißt du, was so eine Scanneruntersuchung kostet? Dreitausend Yuan!

Mehr als das Monatsgehalt deines Vaters und meines zusammen. Ich sterbe lieber, als mich das machen zu lassen.«

Früh am nächsten Morgen blieb ich auf dem Weg in die Schule vor dem einzigen schon geöffneten Geschäft der Insel stehen: einer traditionellen Apotheke. Die Jalousien der anderen Läden waren noch heruntergelassen. Im gedämpften Licht einer Porzellanlampe und im ganz besonderen Geruch seiner Apotheke saß ein alter Mann und zerstieß getrocknete Kräuter und Rinden. Ich kam in den Laden und fragte:

»Kennen Sie vielleicht ein gutes Mittel gegen Gedächtnisverlust?«

Es schien, als habe er mich nicht gehört. Er nahm, wie in Zeitlupe, mit langsamen Gesten ein Fläschchen Alkohol, gab ein paar Tropfen in seinen Mörser, vermischte sie mit seinem langen, dünnen Zeigefinger, der aussah wie eine Baumwurzel, und mörserte weiter.

»Meine Mutter hat eine Bleivergiftung«, murmelte ich. »Sie hat gerade eine Blutuntersuchung gemacht. Der Laborbericht ist eindeutig.«

Er nahm einen Pinsel, bereitete die Tusche vor, blickte auf, fixierte mich mit einem Blick, in dem ich ein Zucken zu erkennen glaubte, als fiele ihm irgendetwas an mir auf.

Was sieht er wohl?, fragte ich mich. Mein

Schicksal? Das Schicksal meiner Mutter, von dem ich ihm gerade erzählt habe?

Er malte mit dem Pinsel ein Zeichen auf ein Blatt Papier, reichte es mir und vertiefte sich wieder in seine Arbeit. Das Wort lautete »Salbei«.

Eine Woche später goss ich in dem Blumenbeet vor unserem Haus sorgfältig ein paar samtene, zart violette Salbeisprösslinge, als handle es sich um etwas ganz Kostbares. Die letzten Sonnenstrahlen hüllten sie in goldenen Glanz. Leider waren es nicht so viele, wie ich gehofft hatte. Der Großteil der Saat, die der Biologielehrer mir geschenkt hatte und die ich genau nach seinen Anweisungen gesät hatte, war nicht aufgelaufen.

Seit einer halben Stunde ging mein Vater unruhig vor dem Haus auf und ab, die Zigarette wie üblich in der hohlen Hand, und blickte ständig auf seine Uhr, hielt nach der kleinsten Bewegung auf dem Pfad Ausschau, über den Mama jeden Abend gegen sechs Uhr von der Arbeit nach Hause kam.

Um acht war sie immer noch nicht da, und seine Nervosität, ja seine Angst war deutlich zu spüren. Widerstrebend setzten wir uns ohne sie zu Tisch. Doch nach drei Minuten legte er seine Stäbchen hin und fuhr mit dem Fahrrad los, um bei einem der Aufseher, dessen Frau ebenfalls in der »Werkstatt der fünf Fichten« arbeitete, nachzufragen. Als er zurückkehrte, schöpfte ich Hoffnung. Es war noch nicht ganz dunkel. Ein heftiger Nordwind blies, und die Schöße seines Regenmantels flatterten nicht nach hinten, sondern nach vorn, sodass die schwarze Gestalt mir gespenstisch vorkam und mich gleichzeitig rührte.

»Sie hat gesagt, deine Mutter hätte die Werkstatt gegen halb sechs verlassen.«

Es war halb neun. Drei Stunden also für eine Strecke, für die man sonst mit dem Fahrrad zehn Minuten benötigte und zu Fuß eine halbe Stunde. Ich ging ins obere Stockwerk, tat so, als würde ich in mein Zimmer gehen, und schlich leise wie eine Katze wieder hinaus. Ich schlüpfte ins Schlafzimmer meiner Eltern, wo das einzige Telefon im Haus stand. Ich wählte die Nummer meiner Großmutter, die in Chongmin lebte, einem Städtchen, zwanzig Kilometer von der Insel entfernt. Mama besuchte sie manchmal heimlich, denn ihre Mutter hatte ihre Geringschätzung für den Schwiegersohn nie verheimlicht.

»Ist Mama bei dir?«

»Wie kommst du darauf? Ich hab sie seit Monaten nicht mehr gesehen.«

»Sie hat Schwierigkeiten …«, und plötzlich wusste ich nicht mehr, was sagen.

»Ist was passiert?«

»Sie hat eine Bleivergiftung … von ihrer Arbeit. Das Resultat der Blutuntersuchung ist katastrophal.«

»Von wo rufst du an? Von zu Hause? Sag mir, was los ist!«

»Ja weißt du … Mama ist seit einiger Zeit so seltsam … nicht ganz normal. Sie vergisst oft, was sie eben getan oder gesagt hat. Der Arzt hat mir erklärt, dass in ihrem vom Blei angegriffenen Hirn jedes Ding für sich ist … also nicht imstande, sich mit anderen Dingen zu verknüpfen, und sie dann sehr schnell vergisst.«

»Wer ist dieser Arzt?«

»Der vom Inselkrankenhaus.«

Ich fasste die Ergebnisse der Untersuchung kurz zusammen und erzählte ihr von Mamas Weigerung, eine Computertomografie machen zu lassen.

»Was ist das?«

»Ein Foto vom Innern des Hirns.«

»Sie muss das unbedingt machen lassen!«

»Sie würde schon, aber es kostet dreitausend Yuan. Es ist zu teuer. Ich muss auflegen. Papa könnte mich hören. Er weiß noch nichts davon.«

Gegen zehn Uhr abends fuhr unser Fahrrad forsch durch die Nacht. Die Klingel an der Lenkstange zitterte, und die Vordergabeln ächzten.

Bogart in seinem alten Regenmantel trat grimmig in die Pedale. Ich saß auf dem beim kleinsten Schlagloch ächzenden Gepäckträger. Ein Wunder, dass das alte Stahlross durchhielt und uns nicht mitten auf der Straße im Stich ließ.

Mama nahm auf ihrem Weg zur Arbeit immer eine Abkürzung: eine vier Meter breite Schneise durch stillgelegte Steinbrüche, die in Deponien für elektronischen Müll umgewandelt worden waren und wo sich nun ausrangierte Computer türmten, ausgemusterte Fernseher, verkrümmte Antennen und die verschiedensten kaputten Geräte. Es war, als spaziere man durch die Kulissen eines Science-Fiction-Films in der Art von *2043, das Ende der Welt*. Es hätte uns nicht weiter erstaunt, wenn aus der Dunkelheit ein Ungeheuer aufgetaucht wäre und sich auf uns gestürzt hätte. Ein Wunder, dass Mama in ihrem derzeitigen Zustand jeden Tag diesen Weg ging und sich nie verirrte, als sei die Strecke in ihrem Kopf eingraviert.

Ein paar Weggabelungen zwangen uns, langsamer zu fahren. Vergeblich suchten wir alles ab und riefen nach Mama – aber unsere Rufe verhallten in der Nacht. Wenn eine Abzweigung uns vielversprechend schien, bogen wir dort ab, in der Hoffnung, dass Mama sich an nichts mehr erinnern konnte oder sich einfach nur zerstreut hierhin verirrt hatte. Der Pfad führte einen langen

Abhang hinab und wurde immer schlechter, aber Bogart wollte nicht bremsen. Er holperte auf seinem Sattel auf und ab und ich auf dem Gepäckträger. Wie sehr er sich auch bemühte, den vielen scharfen Kieseln auf dem Weg auszuweichen, es schienen immer mehr zu werden. Plötzlich prallte das Fahrrad gegen einen Felsblock ... oder verkeilte sich in einem Schlagloch ... jedenfalls wurde ich in hohem Bogen durch die Luft geschleudert.

»Ich hab schon was gehört«, sagte er danach. »Ich dachte, ein großer Stein hätte sich gelöst und die Fernseherlawine ausgelöst.«

In einem Krater unter Fernsehgeräten begraben, hörte ich unser Fahrrad ächzen. Bogart fuhr ein Dutzend Meter weiter, bis er, von meinen verzweifelten Rufen aufgeschreckt, anhielt. Der Krater war so tief, dass er ein Seil an einen Baum binden musste, um mich aus dem Höllenloch zu befreien.

»Bist du mir böse?«, fragte er. »Ich war ganz in Gedanken vertieft, um nach einer Möglichkeit zu suchen ...«

»Wofür?«

»Um die dreitausend Yuan aufzutreiben. Ich habe dich am Telefon mit deiner Großmutter sprechen hören.«

Als wir gegen Mitternacht erschöpft, staubbedeckt, zerschlagen, verzweifelt nach Hause kamen, sahen wir zu unserer großen Erleichterung Mamas Schatten am Fenster.

»Warum seid ihr ohne mich spazieren gegangen?«, klagte sie mit feuchten Augen. Die kleine Zyste an ihrem Hals bebte genau wie ihre Stimme. »Mich einfach allein zu lassen. Was habe ich dir angetan, Bogart, sag, womit habe ich das verdient?«

Ein paar Tage später rollte im Scannerraum des Krankenhauses ein mechanisches Bett Mama in einen Kubus, der, laut ihrer Schilderung – sie erinnerte sich wie durch ein Wunder an alle Einzelheiten der Untersuchung –, unheimlich und eiskalt war; ein regelrechtes Grab, das vom trüben Licht einer Neonröhre schwach erleuchtet wurde. Sie fühlte sich wie in einem Metallsarg. Eine Stimme redete ihr aus einem Lautsprecher gut zu, sie sah aber niemanden. Das ihr intravenös ins Handgelenk gespritzte Beruhigungsmittel begann zu wirken. Eine erste Wärmewelle überflutete sie und floss durch ihren Körper. Eine glühende Entladung zuckte durch ihren Unterleib. Als sie zur Seite schaute, sah sie hinter dem beschlagenen Fenstern eines Büros Röntgenbilder und Ärztekittel. Ein rotes Lämpchen blinkte auf. Die Maschine hatte eine Panne. Ein Techniker kam mit seinem Werkzeug und justierte das Gerät wieder ein.

Ihr kam es vor, als würde ein Angestellter der Bestattungsfirma den Deckel schließen und zuschrauben. Ihr war unwohl, sie glaubte zu ersticken. Als sie versuchte zu rufen, drang kein Ton aus ihrem Mund. Da riss sie die Infusionsnadel heraus, schleuderte das Heftpflaster, die Schläuche, den Tropf beiseite und lief davon.

»Ich weiß nur noch«, erzählte sie uns nach dem Abendessen, während Bogart sein Gewehr putzte und ich Hausaufgaben machte, »dass ich plötzlich in einem Hof war, an einem Baum lehnte und tief durchatmete. Ich war halb nackt, hatte nur den Büstenhalter und meinen Slip an.«

Daraufhin explodierte mein Vater und brüllte sie zornig an.

»Entschuldige, Bogart. Ich weiß, wie schwierig es für dich gewesen sein muss, die dreitausend Yuan aufzutreiben und ...«

Noch bevor sie den Satz beendet hatte, gab er ihr einen Stoß, sie stürzte zu Boden und hielt reflexartig schützend den Arm vors Gesicht. Er griff nach seiner Waffe, hob den Arm ... und als der Kolben Mamas Kopf traf, musste er sich zusammenreißen, um ihr nicht den Schädel einzuschlagen. In der dann folgenden Totenstille hörte ich, wie er wie rasend mit den Zähnen knirschte.

»Dein Glück, dass du für die Untersuchung Büstenhalter und Slip anbehalten hast. Wärst du nackt herumgelaufen, ich hätte dich abgeknallt! Verstanden?«

Er erlaubte ihr von nun an nicht mehr, in der »Werkstatt der fünf Fichten« zu arbeiten, damit ihre Bleivergiftung sich nicht verschlimmerte. Was einer eigenmächtigen Kündigung gleichkam.

Ob gerechtfertigt oder nicht: Sie zu Hause einzusperren genügte nicht. Man musste sie ständig aus dem Augenwinkel beobachten, denn sie hatte einen widerspenstigen Charakter und begehrte wegen jeder Kleinigkeit auf. Kaum verschwand sie auch nur für einen Moment, machten Papa und ich uns deshalb unverzüglich auf die Suche nach ihr.

Aber mit ihrem Dasein als Hausfrau ging es nicht lange gut. Es wurde ein einziges Desaster. Kartoffelschälen zum Beispiel, eine Arbeit, die sie früher gemocht hatte: Sie roch am zarten weißen Fleisch jeder geschälten Kartoffel, schnitt eine dicke Scheibe ab und aß sie roh. Jetzt reizte sie das nicht mehr. Sie ging nicht mehr in die Küche, sondern saß stundenlang, mit über den hochgezogenen Knien verschränkten Händen, auf einem pinkfarbenen Plastiksessel im Schlafzimmer.

Sie mochte auch nicht mehr am See die Wäsche waschen. Ich sah sie nie mehr wie früher am Sonntagmorgen Waschpulver in eine Wanne schütten, es mit warmem Wasser vermischen und die auf den Steinplatten am Ufer aufgehäufte Wäsche aus einer rosafarbenen Plastikschale mit der Seifenlauge begießen, um Seifenblumen aufsteigen zu lassen.

Doch dann, zwei Monate vor ihrer ersten ärztlichen Untersuchung – es war an einem Sonntag Anfang April – saß ich im Esszimmer an meinen Hausaufgaben, und die an den von Wand zu Wand gespannten Seilen trocknende Wäsche – Unterhosen, T-Shirts, Hemden, Socken, Handtücher – verdüsterte den Raum. Draußen klatschten über lange Leinen gelegte Betttücher in der Morgenbrise. Mama war im Hof hinter dem Haus beschäftigt, dem einzigen Ort, wo sie mit ihrer Putz- und Aufräumwut scheiterte. Es gab dort zwei Steinherde, auf denen im Sommer gekocht wurde. Auf dem Lehmboden lagen alte Gartengeräte, Geschirrscherben, zerbrochene Ziegel, morsches Holz und rostige Töpfe herum. Gegen Mittag ging ich zu ihr ins obere Stockwerk. Sie kniete im Flur neben einem Eimer mit warmem

Seifenwasser und schien all ihren Ehrgeiz darauf zu verwenden, den alten Linoleumbelag zum Glänzen zu bringen. Ich nahm eine Bürste, kniete mich neben sie und begann zu schrubben. Bogart versuchte mit Hammerschlägen, das Eisengeflecht der Armierung, die sich durch das abgenutzte rissige Linoleum bohrte, flachzuklopfen. Plötzlich schaute er auf und sagte barsch zu ihr: »Ich verbiete dir, nach Mitternacht Wäsche zu waschen. Wenn die Kerle von der Lagernachtrunde dich sehen, halten die dich für verrückt.«

»Wovon sprichst du?«, fragte Mama stirnrunzelnd.

»Ich hab dich gesehen.«

»Was hast du gesehen?«

»Als ich heute Nacht aufgewacht bin und du nicht im Bett warst, habe ich zuerst gedacht, du wärst auf der Toilette. Also bin ich wieder eingeschlafen, und als ich das zweite Mal aufgewacht bin und du immer noch nicht im Bett warst, bin ich aufgestanden. In der Toilette war niemand. Ich bin also hinuntergegangen. In der Küche war Licht. Die Tür stand halb offen, und dann habe ich dich gesehen: Du hast wie ein Gespenst auf einem Stein am Ufer gesessen und Betttücher gewaschen.«

»Wie kommst du denn da drauf? Ich habe vor

dem Abendessen gewaschen, gegen fünf Uhr … und nicht um Mitternacht!«

Ich erinnere mich immer noch an ihr Lachen. Die Zyste an ihrem Nacken schwoll pulsierend an. Mama blickte Bogart an und fügte genervt hinzu: »Ich mag es nicht, wenn du solchen Unsinn behauptest. Du hast wahrscheinlich geträumt, dass du mich am See waschen siehst.«

Bogart packte mich am Nacken. »Los«, brüllte er mich an und schüttelte mich, »sag ihr, ob du gestern Abend schon Wäsche auf der Leine gesehen hast!«

Ich kam ihm mit keinem Wort zu Hilfe, obwohl er die Wahrheit sagte und ich mich über Mama wunderte. Warum stritt sie die Tatsachen ab?

In den ersten Wochen von Mamas »vorzeitiger Pensionierung« entwarf und baute Bogart hinter dem Haus einen Stall und hob eine Jauchegrube für die künftigen Bewohner aus: zwei Ferkelchen, die er in der Mästerei des Lagers gekauft hatte. Dank dieser zwei kleinen Kreaturen fand Mama – die von Papa somit zur Schweinehirtin des Stausees ernannt worden war – wieder etwas Freude am Leben. Frühmorgens bereitete sie das Futter zu, hackte Gemüse und kochte es in einem großen gusseisernen Topf. Dann schöpfte sie

Wasser aus dem See und säuberte den Schweinekoben Zentimeter um Zentimeter. Sie hatte den Ferkeln die Spitznamen »Mandarin« und »Bauersfrau« gegeben und ging morgens mit ihnen zum See, dessen Pegel wegen der Trockenheit ein wenig niedriger war als sonst, begoss ihr Fell mit Wasser, schrubbte und bürstete es, bis es glänzte wie schwarze Seide. Doch als sie eines Tages ganz versunken ihr Spiegelbild im Wasser betrachtete, hörte sie das aufgeregte Grunzen nicht, sah nicht, wie die Ferkel mit ihren kurzen Beinchen im Wasser wateten, hörte ihre letzten wollüstigen Seufzer nicht, bevor sie im Schlamm auf dem Grund des Sees versanken und ertranken.

Am besten ging es noch mit den Pflanzen. Sie pflegte liebevoll ihr Beet, in dem immer etwas blühte. Sie zog aber auch den Salbei und den Rosmarin, die der alte Apotheker für ihre das Gedächtnis stärkenden Eigenschaften empfohlen hatte. »Ich bete zum Himmel und allen Heiligen, dass sie wie Unkraut wachsen, die Wände hinaufklettern, die Fassade überwuchern, bis in unser Schlafzimmer duften und mein Gedächtnis erwecken.«

Als sie eines Tages ihre Pflanzen goss, sagte sie zu mir: »Ich möchte, dass du mir einen Rosmarinzweig in die Hände legst, wenn ich tot bin.«

Leider zog sich diesmal die Hitze und Dürre auf der Insel der Edlen endlos in die Länge. Die wilden Birnbäume auf den Hügeln verdorrten, das Blumenbeet meiner Mutter, einst ein bunter bestickter Teppich, war völlig vertrocknet; am Ufer des Sees verkohlten die Brennnesseln, und das dürre Laub raschelte im Wind. Und dann gingen auch erst der Salbei, dann der Rosmarin ein, und schließlich entdeckte ich eines Morgens eine dicke Schlange, die durch ihr Kräutergärtchen kroch, sich im dürren Laub zusammenrollte und es mit Gallensaft einspeichelte.

Kurz darauf wachte ich mitten in der Nacht – oder vielleicht war es schon früher Morgen – auf, schlief aber gleich wieder ein: Das heißt, mein Körper schlief wieder ein, mein Geist aber war wach, denn ich hörte Stimmen. Zuerst dachte ich, meine Eltern hätten vergessen, den Fernseher auszuschalten, denn mir war, als hörte ich im Halbschlaf ein Rieseln … wie ein feiner Sandregen an den Wänden. Ich war zu müde, um richtig wach zu werden, aber da unten im Flur redeten etwa zehn Männerstimmen durcheinander. Die Haustür schlug im Wind. Jemand drohte meinem Vater mit Bußen für etwas, was meine Mutter getan hatte. Er sagte ein Wort, das ich nicht genau verstand, doch der irgendwie brünstige, gleichzeitig aggressive, anklagende Ton erschreckte mich.

Dann hörte ich das Geräusch, wie meine Mutter barfuß die Treppe hinaufeilte, ins Schlafzimmer rannte. Die Tür fiel hinter ihr ins Schloss, und ich schlief wieder ein.

Am nächsten Morgen fielen mir auf dem Schulweg die Stimmen im Flur wieder ein. Ich strengte mich an, um mich an das ominöse Wort zu erinnern, jedoch vergeblich.

Als ich in die Schule kam, hatte ich das Gefühl, alle anderen Schülerinnen und Schüler würden mich verstohlen anblicken und hinter meinem Rücken tuscheln. Während der Mathematikstunde zirkulierte ein Papierbällchen in den Bankreihen.

Es musste sich um etwas sehr Lustiges handeln, denn meine Klassenkameraden waren ganz außer sich vor Vergnügen. Wütend, weil ich von diesem Spiel ausgeschlossen war, versuchte ich, das Bällchen im Flug zu erhaschen. Doch es flog über meinen Kopf hinweg und dem Lehrer vor die Füße.

Weil er mich für die Unruhestifterin hielt, musste ich zur Strafe die Wandtafel wischen. Er bückte sich, hob das Papierbällchen auf, und als er es entfaltete, brach die ganze Klasse in Gelächter und Gejohle aus, ich hörte sogar ein paar Pfiffe.

Ich blickte über die Schulter, um einen Blick auf den Papierfetzen zu werfen. Mir wurde glühend heiß vor Scham, als ich sah, um was es sich bei der eher schlichten Zeichnung handelte: Ich erkannte den See und den Mond darüber, unser Haus und davor eine nackte Frau mit einer riesigen Zyste am Nacken!

»Was soll das?«, fragte der Lehrer.

»Es ist die Frau des Reservoirwärters«, rief ein Junge.

Alle Blicke richteten sich auf mich und schnitten sich in meine Haut wie Messerklingen.

Ein anderer fügte hinzu: »Sie ist um Mitternacht splitternackt herumspaziert, und die Lagerpatrouille hat sie verhaftet.«

Zum Glück klingelte die Pausenglocke. Ich stürzte aus dem Schulzimmer, rannte durch den Korridor. Auf der Treppe stellten sich mir Burschen in den Weg, die mit schweißglänzendem Oberkörper vom Turnunterricht kamen. Sie umzingelten mich wie eine Meute, und ich roch meine eigene Angst.

»Zieh dich nackt aus wie deine Hurenmutter!«

»Los, worauf wartest du noch, du Drecksnutte!«

Sie beschimpften mich und stießen einen Jungen auf mich zu, doch er fiel gegen die Wand und tat sich weh. Er rappelte sich auf, stürzte sich auf mich und versuchte verbissen, mir die Bluse vom Leib zu reißen. Ich schlug verzweifelt um mich, doch ein zweiter Junge wurde auf mich geschubst, und ich verlor das Gleichgewicht. Sie umzingelten mich und begannen, mich zu betatschen und auszuziehen. Ich schrie. Ein vorbeikommender Lehrer konnte mir gerade noch beispringen.

Ich rannte atemlos aus dem Schulhaus und über den Hof nach Hause. Plötzlich fiel mir der Satz ein, den ich in der Nacht gehört hatte: »unzüchtige Handlungen«! Der Unbekannte, der wohl zur Patrouille gehört hatte, drohte damit, meine Mutter wegen dieses Verbrechens anzuzeigen!

Als ich nach Hause kam, war Mutter verschwunden. Es sollte mein letzter Tag an der Schule gewesen sein und auch der letzte meiner Mutter auf dieser Welt, denn sie blieb wie vom Erdboden verschluckt, obwohl die Polizei minutiös die ganze Gegend durchkämmte und auch Bogart und ich tagelang nach ihr suchten.

V

Kehren wir zu jenem Wintertag zurück, als ich ins Eisloch tauchte. Als Bogart an diesem Zahltag nach Hause kam, fand er mich unter mehreren Decken, vor Kälte bibbernd. Mein Pullover, meine Hose, meine Socken lagen durchnässt auf dem Fußboden.

Er zündete den Gaskocher an, um einen Ingwertee für mich aufzugießen, schimpfte mich aus und warf mir Kopflosigkeit vor. Aus den Düsen stieg leises Pfeifen, der Widerschein der bläulichen Flamme huschte über die dünne Eisschicht, die sich auf meinen nassen Kleidern gebildet hatte.

Der Tee mit dem erdigen Aroma duftete schön und war heiß.

»Papa, eine Klassenkameradin, die nicht von hier ist, sondern im Zentrum der Insel wohnt, hat mich morgen zu ihrem Geburtstag eingeladen.«

»Wir unterhalten uns später darüber, zuerst schauen wir, ob du Fieber hast.«

Er verließ das Zimmer. Ich hörte ihn die Treppe hinuntergehen und sich entfernen. Ich streckte die Hand unters Bett und tastete im Staub nach meiner alten Schultasche, in der ich die Beweisstücke versteckt hatte – einen Nike-Schuh und einen Oberschenkelknochen –, die ich aus dem Eisloch gefischt hatte.

Ich hielt meine Funde nicht etwa aus irgendwelchen Hemmungen geheim, sondern – ja, ich gebe es zu – weil ich fest entschlossen war, den mutmaßlichen Mörder zu überführen. Ich glaubte, dass ER es gewesen war, denn mir fiel mein Verdacht aus jener Augustnacht, etwa eine Woche nach Mamas Verschwinden, wieder ein. Es war schon spät. Bogart dachte wohl, ich schliefe, schloss die Haustür auf und ging hinaus. Ich schlich zum Fenster und versteckte mich hinter den Vorhängen. Was hatte er vor? Wohin ging er? Er schob einen aufgeblasenen Traktorschlauch vorsichtig ins Wasser, setzte sich mit seinem Gewehr darauf und entfernte sich vom Ufer. Plötzlich wurde mir klar, dass er seine Hochzeitsnacht nochmals erleben wollte, von der Mama mir erzählt hatte. Diese sentimentale Geste machte aus meinem Vater, aus diesem oft barschen Menschen, in meinen Augen einen romantischen Helden.

Der Schlauch, sein Liebesboot, trieb langsam

auf dem See, hin und wieder blitzte die glimmende Zigarette oder der metallene Lauf seiner Flinte im milchigen Licht des Himmels auf, der sich in den Buchten spiegelte.

Ich rief mir die Erzählung von ihrer Hochzeitsnacht in Erinnerung. Er hatte Mama sein altes Gewehr in die Hände gelegt, hatte ihre Fingerspitzen über die Chrysantheme, das ins Rohr geritzte kaiserliche Emblem, geführt, um das »alte Monster« zu wecken. Ihre Überquerung des Sees, sie im Reifen, er im Wasser watend. Der Hügelpfad. Der schmale Finger der jungen Braut (ein Reptil speichelt ihren verdorrten Rosmarin mit Gallensäften ein) am kalten Abzug. Der Knall. Der Rauch. Der Geruch des verbrannten Pulvers. Der Glanz der gelben Kupferhülsen.

Doch als er anhielt, bevor er die Mitte des Sees erreicht hatte, war der romantische Held in meinen Augen wieder zu einem gewöhnlichen Mann geworden. Seine Aura war erloschen. Denn sein nächtlicher Ausflug hatte nichts mit seiner Hochzeitsnacht zu tun.

Mit militärischer Kälte wog er seine Waffe in der Hand, prüfte sie, roch an der polierten Oberfläche, atmete tief ein, legte an, zielte in alle Richtungen, auch auf das Haus, auf mein Zimmer, als wolle er alles in die Luft jagen.

In Gedanken drückte er bestimmt auf den Abzug und genoss in Gedanken die Explosionen, wie sie die Stille zerrissen.

Doch das Gewehr war nicht geladen, im Gegenteil, er hatte seine Waffe sorgfältig entladen. Hatte mit einer verzweifelten Geste die Kugeln ins Wasser geworfen und dann mit aller Kraft die Waffe in die Luft geschleudert, sie zeichnete in einem langen Bogen eine schwarze Bahn am Himmel und verschwand in einer aufspritzenden Wassergarbe. Bogart hatte das alte Monster ertränkt.

Warum hatte er es nicht in Ufernähe versenkt? In der Nähe des alten Landestegs? Warum hatte er die tiefste Stelle gesucht?

Von jenem Tag an stürzte ich in die Hölle der Vermutungen, der Verdächtigungen, der quälenden Zweifel. Ja, seither verdächtigte ich ihn, sobald ich allein war, immer wieder, meine Mutter umgebracht zu haben. Ich sagte mir, dass er in jener Nacht die Waffe seines Verbrechens hatte verschwinden lassen.

VI

Der Geburtstag der angeblichen Schulkameradin war nur ein Vorwand, um zu fliehen, den See hinter mir zu lassen, die Farm der Morgenröte zu verlassen und mich von der Insel zu verabschieden.

Für immer!

Als am Busbahnhof die Lichter angingen, lief ich im Schneegestöber und im eisigen Gegenwind darauf zu. Ich konnte kaum atmen, schlimmer, ich erstickte. Ich keuchte immer noch, als ich inmitten der Rücken an Rücken auf Plastikstühlen schlafenden Reisenden im Wartesaal saß. Schauer durchliefen meinen Rücken, meine Zähne, meine Hände, meine Beine und mein Herz, das ebenso vor Kälte zitterte wie meine Glieder. Niemand konnte wissen, dass mein Zustand nicht von der Kälte herrührte. Als ich mich in einen gelben, mit Geflügel, Schweinen und Reisenden vollgestopften Nachtbus gedrängt hatte, an dessen Tür sich eine Menschentraube festklammerte wie Raupen an einer überreifen Mango, betrachtete ich durch die mit Frostblumen überzogenen Fenster die vorüberziehende Landschaft, Berge aus schneebedecktem Elektroschrott. Niemand wusste, dass mein Zusammenzucken nichts mit dem schlechten Zustand der Straße zu tun hatte: Ich stand noch unter Schock, denn am Nachmittag hatte ich ein ans Polizeikommissariat adressiertes Paket mit zwei Beweisstücken abgeschickt: einem Turnschuh und einem Oberschenkelknochen, mit Angabe der Fundstellen, unter welchen Umständen sie gefunden worden waren, und dem Namen des mutmaßlichen Mörders: Bogart.

Ein paar Tage später fand ich in Chengdu – der Hauptstadt der Provinz Sichuan – meinen ersten Job: als Verkäuferin in einem Geschäft für DVD-Raubkopien. Beim Mittagessen in einem Nudelrestaurant dachte ich zum ersten Mal wieder an meinen Vater. Als ich etwas später ins Geschäft zurückkehrte, lag eine Zeitung auf dem Ladentisch, wahrscheinlich hatte sie ein Kunde liegen gelassen. Ich wollte sie eben wegräumen, als mein Blick auf die letzte Seite fiel, wo in einem Artikel berichtet wurde, dass der Stausee des Lagers der Morgenröte sein Geheimnis um das Verschwinden der Ehefrau des Wärters preisgegeben hatte. Zwei Beweisstücke seien aus dem Eis aufgetaucht und den Untersuchungsbeamten in die Hände gespielt worden, die den Mann des Mordes beschuldigten. Der Täter sei bei seiner Verhaftung geflüchtet, hätte sich im Dachstuhl seines Hauses verstecken wollen und sei dabei von einem Balken gestürzt. Er sei ein paar Stunden später im Krankenhaus der Insel gestorben.

VII

Nach zwei Jahren guter und treuer Dienste verlor ich die Arbeit. Zwar war ich reich an Filmkenntnissen dank der Raubkopien aus der ganzen Welt, die ich hatte sichten müssen, doch mein mageres Bankkonto reichte nicht mehr, um die Miete für die kleine Wohnung zu bezahlen. Also zog ich vorübergehend zu meiner Großmutter, die nach dem Tod meines Vaters telefonisch Kontakt zu mir gehalten hatte. Sie wohnte nicht weit vom See entfernt, also beschloss ich, einen Ausflug zu den Stätten meiner Kindheit zu machen.

Auf den ersten Blick hatte sich kaum etwas verändert. Weder der Weg noch der Geruch des Wassers noch die großen Steinblöcke der Staumauern noch unser Haus. Ich ging darauf zu und stellte zu meiner großen Verblüffung fest, dass die Tür nicht abgeschlossen war, ja dass der Schlüsselbund steckte. Ich ging hinein. Das Esszimmer sah aus wie früher. Ich ging langsam die Treppe hinauf. Die Tür zum Schlafzimmer meiner Eltern stand offen. Ich hielt den Atem an und warf zögernd einen Blick hinein. Vor dem Fenster saß mit dem Rücken zu mir eine Frau in einem pinkfarbenen Plastiksessel. Bilder erwachten in mir, doch ich wusste nicht, wo ich sie einordnen sollte. Aus welchem Film? Ich kannte diese berühmte Szene doch … eine alte Frau von hinten mit den Ellbogen auf der Armlehne!

Der Rücken der Frau, die Schulterrundung … sie war mir vertraut.

»Beruhige dich«, sagte ich mir, »noch eine eingebildete Auferstehung!« (Gewiss, ihr Tod war geheimnisvoll geblieben, und da ihre Leiche nie gefunden worden war, war sie in meiner Vorstellung viele Tode gestorben und viele Male auferstanden.)

Ich trat ein paar Schritte näher … und da sah ich ihren Nacken. Die Zyste, ein kleiner Höcker, so groß wie ein Sperlingsei. Und mir traten die Tränen in die Augen.

Sie wandte sich langsam um. Ich erkannte ihre Gesichtszüge … und mit einem Mal erinnerte ich mich auch an die berühmte Filmszene! Klar! Anthony Perkins mit der Perücke seiner Mutter, am Schluss von Hitchcocks *Psycho*.

Mama war zurückgekehrt!

An jenem Tag, als sie verschwunden war, hatte sie sich im Zentrum der Insel verirrt. Sie wusste nicht mehr, warum sie weggegangen war, und noch viel weniger, wie sie in eine andere, zweitausend Kilometer entfernte Provinz – Shandong – gelangt war. Das ihr fremde Land hatte sie aufgenommen. Sie war einem Mann begegnet, hatte geheiratet und ein Kind geboren: eine Tochter.

Am Tag der Geburt hatte sie sich – wie ein Echo auf das Neugeborene – an ihre andere Tochter erinnert. Als sie dann eines Tages an einem Fichtenwald vorbeikam, erinnerten die Bäume sie an den Namen ihrer einstigen Werkstatt, die sich fünf Kilometer vom Stausee entfernt befand: eine Strecke von zehn Minuten mit dem Fahrrad und einer halben Stunde zu Fuß. Und noch einen Monat später konnte sie sich auch an den Namen Bogarts erinnern.

Die alten ausgelatschten, schmutzigen, einst weißen Schuhe, auf denen man kaum noch das Nike-Logo sehen konnte, zeugten von ihrer zweitausend Kilometer langen Reise und deckten die von einem anderen Schuh gelegte falsche Spur auf – einem unter dem Eis gefundenen Schuh, der wahrscheinlich im Keller des Kommissariats langsam vermoderte.

Der Gepanzerte, der Berge durchquert

Sieh da! In einer jahrhundertealten Werkstatt spiegelten sich die flackernden Flammen im polierten Holzgriff des Hammers und im stählernen Amboss und tauchten den großen schwarzen Blasebalg in diffuses Licht. Es war schon spät. Zehn Uhr abends ungefähr. Die Rollläden waren heruntergelassen. Weder Autohupen noch Hundegebell, kein einziges Geräusch drang von der Straße herein. Der Hammer sauste auf den Amboss nieder und löste einen Funkenregen aus, der die Schmiede kurz beleuchtete. Die Silhouette einer Frau zeichnete sich gegen das Dunkel ab: Sie war von kleinem Wuchs, hatte das Haar in einem großen Knoten zusammengefasst und trug eine abgetragene Latzhose. Wenn sie mit bloßen Armen so auf den Amboss einschlug, wirkte sie jung, höchstens dreißig Jahre alt. Doch während sie seufzend wartete, bis die Kohle zu Asche verglomm, hätte man sie eher auf fünfzig geschätzt. Ein Junge fächelte mit der Hand die Glut an.

Eigentlich war er kein Junge mehr, sondern fast sechzehn. Er war ihr jüngster Sohn, der aber mit seinem bartlosen Gesicht noch ganz unschuldig und kindlich wirkte. Wenn man genau hinschaute, stellte man fest, dass er bei jedem Hammerschlag zusammenzuckte, sich hinkauerte und sich ganz klein machte, als wolle er sich im schwarzen Blasebalg verkriechen.

Der Rauch verschleierte die vom Amboss aufsteigenden Funkenkringel der Hammerschläge; sie sahen aus wie in den Flammen schmelzende gläserne Armreifen, wie lauter kleine, zähflüssige Nachtsonnen.

»Eins, zwei, drei …«, zählte sie laut.

»Das sollte reichen«, murmelte der jüngere Sohn.

»Was verstehst du schon davon«, antwortete die Mutter mürrisch.

Und er kauerte sich wieder zusammen und umfing seine Knie mit den Armen. Die Mutter legte den Hammer hin, griff nach einer Zange, nach einem Schraubenzieher und trat zum Fenster. Er hörte das Rasseln der hochgezogenen Rollläden. Die Mutter ging hinaus und riss energisch eine der zwei eisernen Querstangen vor dem Fenster aus der Halterung.

Als die Stange weißglühend war, packte sie sie mit einer großen Zange und trug sie mit ausgestrecktem Arm zum Amboss, legte sie darauf und schlug sie mit dem Hammer in gleich große Teile. Wieder stieg ein Funkenregen auf. Wieder leuchteten kleine nächtliche Sonnen. Und sie zählte nochmals: Es waren zwanzig.

Die roten Scheiben verformten sich unter den Hammerschlägen, dehnten sich, krümmten sich, verwandelten sich in Ringe und bildeten schließlich eine Kette, etwa einen Meter lang.

Sie prüfte sorgfältig jedes Glied, jede Schweißnaht, tauchte die Kette dann ins Wasser. Es war die erste von ihr eigenhändig geschmiedete Kette. Den Beruf ihres Mannes übte sie schon lange nicht mehr aus – bei seinem Tod war der jüngere Sohn sechs Jahre alt gewesen –, denn das in der Familie von Generation zu Generation weitergegebene Schmiedehandwerk hatte keinen goldenen Boden mehr. Die Lage hatte sich rapide verschlechtert, seit die Insel der Edlen sich auf das Recycling von elektronischen Abfällen konzentriert hatte. Weil es nun unmöglich geworden war, auf der Insel Reis anzupflanzen, herrschte kein Bedarf mehr an Hacken und Forken, nach Schaufeln, Harkenzähnen, Pflugscharen oder sonstigem Ackergerät.

(Nebenbei bemerkt, die Schmiedin war für ihre Langsamkeit berühmt; wenn man ihr glauben durfte, ließen sich nur so, mit viel Geduld und Liebe, perfekte, solide Werkzeuge herstellen. Für eine Pflugschar – und was war das für eine messerscharf geschliffene und seidenglatte Pflugschar mit dem eingebrannten Stempel der Ahnen, dem Siegel der Wang-Schmiede! – hatte sie zwei Tage benötigt. Wenn man mit der Hand darüber fuhr, hatte man den Eindruck, das Fell eines Vollblutpferdes zu streicheln.)

Doch in der neuen Kapitalismusära war die Schmiedewerkstatt der Wang schlicht und einfach geschlossen worden. Im alten Schuppen rosteten Kabel unter Spinnennetzen und Staub vor sich hin, Klammern, Griffe, Lochplatten, Hohleisen, Dorne, Gesenke, Punzen, Zangen und Fäustel … Der Amboss war zu schwer und zu sperrig, also hatte sie ihn in eine Werkbank verwandelt, auf der sie Tag und Nacht elektronische Abfälle zerlegte, um Kupfer, Aluminium, Zinn, Gold, Transistoren, Halbleiter, Kathodenröhren zurückzugewinnen … Aus den integrierten Schaltkreisen von Computern, aus Videorekordern, Tonbandgeräten, Kondomautomaten, Papiertaschentücher-Automaten, Funkanlagen, Projektoren, Fernbedienungen, Fahrwerken, Steuerwerken, Leitwerken, Triebwerken, Rumpfwerken … Es war schon ein paar Jahre her, seit sie ihr letztes Werkzeug geschmiedet hatte: ein Küchenmesser für den Eigengebrauch.

Beinahe träumerisch starrte sie auf die Eisenkette, der man überdeutlich ansah, wie sehr sie aus der Übung war – die einzelnen Glieder waren verschieden groß und ungleichmäßig geformt und unterschiedlich dick, einige waren eher oval, andere wiederum seltsam verzogen.

Dann prüfte sie geradezu besessen immer wieder jede einzelne Schweißnaht.

»Hol Wasser aus dem Brunnen«, befahl sie dem Jungen. Der befand sich, wie es sich für so einen Ziehbrunnen gehört, im Hof hinter dem Haus, und er war mit einem Brett zugedeckt, doch das Wasser war trotzdem schon seit Langem verschmutzt. Man konnte es weder trinken noch sonst benutzen, außer in der Werkstatt. Der jüngere Sohn rappelte sich auf, nahm einen Eimer, ging zur Hintertür der Werkstatt. Blieb zögernd stehen und blickte die Mutter an.

»Hast du Angst?«, fragte sie.

»Ein bisschen schon.«

»Er schläft.«

»Vielleicht.«

»Warum vielleicht?«

Sie nahm ihm den Eimer aus der Hand, doch dann ging auch sie nicht in den Hof.

»Ach, ist ja egal«, murmelte sie und warf einen Blick auf ein Schwarz-Weiß-Foto aus den Achtzigerjahren: das Porträt eines jungen Schmieds.

Eines glücklichen Mannes mit umgebundenem Lederschurz, auf dem der Name seines sozialistischen Kollektivs eingebrannt war: »Verzeih uns diese kleine Verschwendung.«

Sie ging zur Werkbank, nahm einen Eimer und füllte ihn mit dem sauberen Trinkwasser, das die Händler täglich von weither brachten und für teures Geld verkauften. Tauchte dann die glühende Eisenkette ins aufzischende Wasser. Ein Zischen wie das einer aufgescheuchten Viper. Der jüngere Sohn zuckte zusammen. Der aufquellende weiße Dampf trübte seinen Blick. Die Kette sank auf den Boden des Eimers, und die Kettenglieder rasselten drohend aneinander.

Kühler Nachtnebel waberte im Hof. Der Wind rüttelte am Brunnengalgen, der sich hoch über die rund um den Trog aufgestapelten Fernsehgeräte erhob. Ein paar Meter weiter entfernt ragte eine Ulme in den Himmel. Dieser mächtige Baum mit den dunklen, dicht mit Moos bewachsenen Ästen war einst von den Fischern auf der Insel sehr begehrlich beäugt worden, denn sie bauten ihre Boote gerne aus dem wasserresistenten Holz der Rüster. Doch seit ein paar Jahren speiste er sich von verseuchtem Wasser, und die Giftstoffe im elektronischen Müll hatten ihn sterben lassen.

Ein nackter Mann mit einer Binde über den

Augen war mit drei dicken Seilen an den Baum gefesselt. Das eine Seil, ein Hanfseil, war einst am Brunnengalgen befestigt gewesen; es war schwarz vom Wasser und roch eklig nach Fäulnis. Das zweite Seil, ein eng geflochtenes Strohseil, fesselte seine Füße; es stammte aus dem Schweinekoben zuhinterst an der linken Hofwand und war vom jahrelangen Gebrauch dort ganz fleckig vor Dreck, Urin und Kot. Das dritte Seil, ein Kabel für elektronische Geräte, band die Hände des Gefangenen derart, dass er noch trinken oder rauchen konnte, wenn man ihm den Knebel aus dem Mund nahm.

Er mochte um die zwanzig sein und war muskulös und kräftig gebaut. Er war nackt, trug bloß einen über und über besudelten Schlips als Augenbinde.

Der jüngere Sohn hielt eine Taschenlampe in der Hand und richtete den Strahl auf die Füße des gefesselten schlafenden Mannes. Die Mutter ersetzte flink den Strick darum durch die noch lauwarme Eisenkette. Die Werkstatttür klapperte im Wind. Zuhinterst im Hof knarrte ein Fensterladen.

Der jüngere Sohn biss sich angespannt auf die Lippen. Angstschweiß stand ihm auf der Stirn. Er schwitzte aus allen Poren und wäre am liebsten davongerannt. Er zuckte zusammen und machte ein paar Schritte rückwärts, denn der Gefesselte hatte sich im Schlaf gerührt.

Das Knirschen der Eisenkette, das sich in den Kettengliedern spiegelnde Licht der Taschenlampe ... Es blieb nur noch, das Vorhängeschloss anzubringen. Noch ein paar Sekunden ... und sie konnten ihn von den mit der Polizei getroffenen Sicherheitsvorkehrungen erlösen: dem Seil, mit dem er an den Baum gefesselt war, dem Kabel um seine Handgelenke, dem Knebel und der Augenbinde, denn die Kette würde reichen.

Die Mutter zog ein uraltes Vorhängeschloss aus der Tasche ihrer Latzhose. Zum Glück hatte sie den dazugehörigen Schlüssel noch gefunden. Der jüngere Sohn schaute weg; er hörte das Geräusch des Schlüssels im Schloss und wartete auf das Zuklicken. Wahrscheinlich war das Schloss verrostet, denn der Bolzen klemmte.

Der an den Baum gefesselte Mann blieb reglos, als sei er Teil der Ulmenrinde. Das Röcheln war verstummt.

War er wach? Wegen der verbundenen Augen konnte man das nicht sagen.

Nun reichte die Mutter dem Buben den Schlüssel und richtete den Strahl der Taschenlampe auf das Vorhängeschloss. Er nahm ihn widerstrebend, zittrig entgegen. Plötzlich durchzuckte ein scharfer Schmerz seine Brust und zog sich bis in seine schmalen Lenden hinunter. Der Schlüssel fiel zu Boden.

Der Gefesselte atmete schneller. Wachte er auf?

Der Junge steckte den Schlüssel wieder ins Schloss. Er spürte ein Stechen im Kopf. Seine Finger waren klamm. Eine Feder im Gehäuse leistete Widerstand. Er drehte den Schlüssel sachte, dann nochmals und nochmals … und einen Millimeter zu weit: der Mechanismus blockierte. Er versuchte es erneut, doch diesmal drehte er zu sanft, die Stifte griffen nicht.

Er schwitzte. Er schloss die Augen und bat stumm: »Helft mir, bitte, verratet mir euer Geheimnis!«

Die Stifte gehorchten endlich, als hätten sie seine Bitte gehört. Er spürte, wie der Schlüssel in seinen Fingern vibrierte. Er traute sich nicht, die Augen aufzumachen. Zwei kräftige stinkende Hände legten sich ihm um den Hals … Als er ein leises Klicken hörte und das Schloss plötzlich nachgab, atmete er auf, und das Bild der mörderischen Hände verschwand.

Die dem Gefesselten vor ein paar Stunden verpasste Spritze wirkte noch, was der Mutter und dem jüngeren Sohn noch Zeit ließ, ihn in den Schuppen zuhinterst im Hof zu tragen. Im Koben grunzten die drei Hausschweine.

»Diese Dosis würde für einen Büffel reichen.«

Die Stimme des Arztes hallte in den Ohren des jüngeren Sohnes nach.

(Die Diagnose war sowieso eindeutig: Der Wahnsinn des Gefesselten war die Folge einer Vergiftung durch elektronische Abfälle. Die Blutuntersuchungen hatten eindeutig ergeben, dass die Blei-, Quecksilber-, Silber-, Kobaltwerte in seinem Körper bei Weitem die zulässige Grenze überstiegen.)

»Ich warne Sie«, hatte er gedroht, »jetzt ist Schluss. Das letzte Mal, dass ich eingegriffen habe. Ich kann nicht ewig mit Spritzen das angegriffene Hirn eines gefährlichen Kranken am Leben erhalten, der über Frauen herfällt, Häuser anzündet, brüllt und heult und nicht einmal mehr die eigene Mutter erkennt. Was er braucht – ich hab's Ihnen schon oft gesagt –, ist eine Heilanstalt, doch das kostet mindestens hunderttausend Yuan im Jahr. Und da Sie beide bettelarm sind und nicht einmal genug Geld haben, die Krankenkassenbeiträge zu bezahlen – also, vergessen Sie ihn lieber.«

II

Wie sich später erweisen sollte, hatten die Leute die Familie des Schmieds etwas zu schnell begraben. Hatten vergessen, dass das Glück dazu neigt, sich nach langer Abwesenheit unverhofft wieder einzustellen.

So unglaublich es klingen mag: schon im Herbst beneidete das ganze Dorf – eines der vierzig Dörfer auf der Insel der Edlen – die Witwe des Schmieds und ihren jüngeren Sohn: Er war seit über zehn Jahren der Erste, der es schaffte, an der Universität zugelassen zu werden. Er war in die Kunstakademie aufgenommen worden (auch wenn nach Ansicht der Neider die von ihm gewählte Fachrichtung nicht eben Reichtum verhieß). Zudem war ihm ein Stipendium für Studenten aus armen Familien gewährt worden (ein bescheidener Betrag, der eben gerade reichte, die Semestergebühren, Unterkunft und das Kantinenessen zu bezahlen, aber trotzdem, er gewährleistete ein fast kostenloses Studium).

Und all das dank einer kleinen Zeichnung oder eher einer Skizze, die er als Prüfungsarbeit im Fach »freies Zeichnen« angefertigt hatte. Obschon er weder eine bestimmte künstlerische Technik beherrschte noch besonders geübt war, war es ihm gelungen – das musste neidlos anerkannt werden –, eine beeindruckende nächtliche Szene festzuhalten: ein in Nebelschwaden gehüllter Innenhof, ein Brunnenschwengel, die dunklen Umrisse einer mächtigen Ulme und ein niedriges Haus; die verschwommenen Umrisse eines Jungen mit einer Taschenlampe in der Hand, deren Lichtstrahl den Nebel durchdringt und auf einen nackten, geknebelten und mit Stricken an einen Baum gefesselten Mann mit Augenbinde gerichtet ist. Der Titel dieser Zeichnung lautete: »Mein kranker Bruder«.

Während der ersten zwei Semester blieb dem jüngeren Sohn (dieser Name verfolgte ihn bis auf den über tausend Kilometer von zu Hause entfernten Campus) die Welt der Kunst ziemlich verschlossen. Was weiter nicht verwunderlich ist: Er war inmitten von Elektroschrott aufgewachsen, und nun fiel es ihm schwer, sich neuen Horizonten zu öffnen. Weder der Unterricht im Zeichnen noch in der räumlichen Perspektive oder der chinesischen Malerei oder Kalligrafie brachten ihn weiter. Stattdessen wühlte er sich in der Bibliothek der medizinischen Fakultät durch die Fachliteratur zum Thema industrielle Produktionen, chemische Giftstoffe und alle damit zusammenhängenden Phänomene. Nach und nach entstand in seiner Gedankenwelt ein imaginäres Krankenhaus, in dem sein Bruder zusammen mit Eisen- und Asbestminenarbeitern behandelt wurde, mit Arbeitern aus den Zinkspatlagerstätten, den Eisenspatwerken, den Dolomit- oder Rhodiumwerken, deren vom Silizium zerstörte Lungen platzten und deren Harnleiter und Blase vom Kalzium verstopft waren; mit den Arbeitern aus den Kristallglasfabriken, die unter Sehstörungen litten oder völlig erblindet waren. Zu den Patienten gehörten sogar Zahnärzte, denen durch den Kontakt mit dem Quecksilber, das sie für die Füllungen verwendeten, die Zähne und Haare ausfielen, die das Gehör und schließlich den Verstand verloren ... Es war ein ganz besonderes, auch von Künstlern bevölkertes Universum: Goya zum Beispiel, der, Opfer des Bleis und des Bleiweiß, das er für seine Gemälde verwendete, die Farben nicht mehr voneinander unterscheiden konnte und dazu verdammt war, nur noch in Schwarz und Weiß zu arbeiten. Oder Beethoven, der wegen einer Quecksilbervergiftung ertaubt war und, von Todesstille umgeben, gewaltige musikalische

Werke komponierte, ohne sie je hören zu können. Oder jener berühmte Fotograf aus den Dreißigerjahren, der so viel Silber in sich gespeichert hatte, dass er sozusagen selbst zu einer Art fotografischer Platte geworden war und dessen Unterarme im grellen Licht bläulich anliefen wie Fotopapier beim Entwickeln. Oder der Hutmacher aus *Alice im Wunderland*, der vor lauter Beizen von Hasenfellen, um Mützen daraus zu machen, vom Quecksilbernitrat wunderlich geworden war.

Leider gab es noch wenig Literatur zum Thema Vergiftungen durch elektronische Abfälle, dennoch, ein paar Berichte in Fachzeitschriften bewiesen, dass sowohl die Kathodenröhre als auch der integrierte Schaltkreis und das Kunststoffgehäuse eines Fernsehgeräts giftige Substanzen enthielten. Bei den Computern war es noch schlimmer: Für die Herstellung eines einzigen Geräts wurden über siebenhundert chemische Substanzen verwendet, von denen die Hälfte eindeutig giftig war. Allein schon der Bildschirm enthielt über ein Kilogramm Blei. Bei den Arbeitern aus den Recyclingwerkstätten die Zinnwerte, die Blei-, Beryllium-, Kupfer-, Kadmium- oder Quecksilberwerte zu berechnen war schwierig: Das hing von den Umständen ab, unter denen jemand kontaminiert worden war, ob – wie meistens der Fall – über die Atemwege oder durch physischen Kontakt. Aber da sein Bruder sich über einen Zeitraum von zehn Jahren schleichend vergiftet hatte, war es eigentlich klar, dass er, wenigstens der Theorie nach, nicht die geringste Chance auf Heilung hatte.

Der maßgebliche Faktor, der den jüngeren Sohn davor rettete, in eine tiefe Depression zu fallen, war die Freundschaft mit einem jungen Gärtner, einem Stotterer und Dichter, dessen Gesellschaft ihn von seinen trüben Gedanken ablenkte.

Nun, diesen Freund als Gärtner zu bezeichnen ist etwas übertrieben, denn an der Universität gab es gar keinen Garten, es sei denn, man bezeichne den riesigen Campus, wo die jungen chinesischen Sozialisten herangezüchtet wurden, als Garten. Der stotternde junge Dichter war nur der »grünen Truppe« zugeordnet, deren Aufgabe darin bestand, überall Bäume zu pflanzen.

Der stotternde Dichter mit seinem sich auf die Schultern lockenden Haar war zweifellos der »coolste« unter diesen jungen Arbeitern in grauer Latzhose, und sein immer blitzsauberer, roter Overall mit den Schlaghosenbeinen und tadellosen Steppnähten war oft Gesprächsthema unter den Studenten, die in der Kantine Schlange standen.

Auch der Gärtner war ein jüngerer Sohn (sein

älterer Bruder studierte in Japan). Der Vater war gestorben, und die Mutter – mit der er eine Wohnung im zweiten Stock eines Holzhauses teilte – lehrte an der Universität Japanisch. Vor dem Haus stand ebenfalls ein mächtiger Baum, keine Ulme allerdings, sondern ein Ginkgo, unter dem die zwei Freunde in den Sommernächten an einem runden Tisch saßen, tranken, rauchten und über Mao und die Welt plauderten. Ab und zu gab ihm der Gärtner eines seiner Gedichte zum Lesen und wartete dann gespannt auf den Kommentar. Nach Mitternacht zogen sie sich bis auf die Unterhose aus und duschten unter dem einzigen Brausehahn im Hof, der den jüngeren Sohn an den Galgen eines gewissen Ziehbrunnens erinnerte. Dann gingen sie ins Haus, legten sich aufs Bett, diskutierten weiter über Eliot, Rilke, Saint-John Perse, Valéry … Jede Woche, ja alle paar Tage entdeckten sie in ihrem jugendlichen Feuer einen neuen Gott im Pantheon der Literatur.

In einer Gewitternacht schreckte der jüngere Sohn um zwei Uhr morgens plötzlich neben seinem weintrunkenen schlafenden Freund auf. Auf dem Fenstersims glitzerten Wassertropfen: Im Licht der Straßenlampe sahen sie aus wie winzige gläserne Planeten. Er betrachtete sie eine Weile, stand dann auf und trat auf Zehenspitzen zum Fenster, überzeugt, in jedem Tropfen sein

Spiegelbild zu sehen. Plötzlich horchte er auf … es hörte sich an, als ob jemand einen Schwamm … oder eher ein Handtuch … in ein mit Wasser gefülltes Becken tauchte … Ein Ton, der ihn an das Eisenbecken zu Hause auf der Insel erinnerte, das sein Vater geschmiedet hatte und das er als sein Erbe ansah.

Wie von einer unsichtbaren Hand gezogen, tastete er sich durch das Halbdunkel zurück und holte seinen Zeichenblock unter dem Bett hervor, den er seit Monaten nicht mehr in die Hand genommen hatte.

Um seinen Freund nicht zu wecken, zog er sich in die Küche zurück. Kaum hatte er die erste Kohle angespitzt (er besaß ein halbes Dutzend Stifte aus verkohltem Pappelholz), begann er zu zeichnen, um das vor seinen Augen erstandene Bild festzuhalten, aus Angst, diese Szene aus der Vergangenheit könnte für immer verschwinden. Auf dem lederharten Papier entstand ein erster Strich, eine erste Wölbung: ein gekrümmter Finger, an dessen Spitze er mit wenigen Strichen einen schmutzigen, splitterigen, abgekauten Fingernagel zeichnete. Die Hand hielt ein tropfendes Handtuch. Er hatte noch nie eine Zeichnung bei einer Hand begonnen.

Er arbeitete vier Stunden. Als die Zeichnung fertig war, war es noch dunkel, und er kehrte erschöpft ins Schlafzimmer zurück. Der Gärtner schlief noch. Er schob ihn gegen die Wand und legte sich aufs Bett.

Der Freund blinzelte verschlafen.

»Es ist etwas passiert«, flüsterte ihm der jüngere Sohn zu.

Der Gärtner setzte sich erschrocken auf. »Ein Unfall?«

»Geh mal in die Küche.«

Als der Gärtner nach ein paar Minuten immer noch nicht wieder zurück war, stand der jüngere Sohn auf und ging dem Freund nach.

Die Vorhänge waren aufgezogen; draußen stieg langsam ein blasser Sonnenball am Himmel auf. Die ersten Strahlen streiften eine auf dem Tisch liegende Zeichnung, von der der Gärtner den Blick nicht abwenden konnte. »G... g... gerettet«, flüsterte er andächtig.

»Gerettet«, wiederholte der jüngere Sohn.

»Ja, d... d... du bist zum Künstler erwählt.« Und fragte dann: »W... w... wie heißt das Bild?«

»Meine Mutter.«

»Ist das deine Mutter?«

»Ja. Sie wäscht jeden Abend meinen älteren Bruder in so einem Schuppen.«

Der Bruder war nicht mehr gefesselt, hatte keine schwarze Krawatte mehr um die Augen gebunden. Er hatte keinen Knebel mehr im Mund.

Er war nackt. Er hockte mit eingezogenem Kopf da, als verkrieche er sich in sich selber, sammle sich, um sich endlich von der Eisenkette an seinen Füßen zu befreien, in der sich die Wassertropfen spiegelten wie tausend winzige gläserne Planeten.

»Wa... was ist mit den drei Schweinen im Hintergrund?«, fragte der Gärtner.

»In der anderen Hälfte des Schuppens stehen die Schweine.«

»Du solltest das Bild ›Die chinesische Madonna‹ nennen.« Und das sagte der Gärtner ganz ohne zu stottern.

Im folgenden Winter ging die Mutter des Gärtners nach Japan und überließ ihr Zimmer dem Freund ihres Sohnes. In der kargen Freizeit – neben dem Studium arbeitete er abends in einem Restaurant – feilte dieser an der »Chinesischen Madonna«.

Sein energischer Kohlestrich und sein ständiges Ausradieren führten zu einem großen Verbrauch an Kohlestiften, sodass das Linoleum in der Küche und bald auch im Flur sich mit einem dünnen, schmierigen schwarzen Film überzog.

Aber obwohl auch der Gärtner seinen Gedichten laufend Korrekturen und Ergänzungen hinzufügte, bis sie unleserlich waren, ja oft dann ganze Seiten durchstrich, verschlug es ihm die

Sprache, als er eines Morgens seinen Freund in der Küche vorfand, wie dieser, an den Kühlschrank gelehnt, neben seiner Zeichnung eingeschlafen war. »Die chinesische Madonna« hatte keinen Kopf und keinen Körper mehr. Sie war nur noch eine Hand, die ein nasses Tuch hielt.

Allein diese Hand war – wie eine Reliquie – dem gnadenlosen Radiergummi entgangen, dem zornigen Wischen, den sukzessiven Zerstörungen ihres Schöpfers, wovon der immer wieder ausradierte wolkige Hintergrund zeugte.

Außer der wie aus der Asche eines geistigen Kampfes geretteten Hand hatte nur noch die Eisenkette des Gefesselten überlebt – der ebenfalls ausradiert worden war –, als solle die quälende Erinnerung ihren Schöpfer so besser auf ewig verfolgen können.

Der jüngere Sohn arbeitete mehrere Stunden täglich als Hilfskoch in einem Restaurant, um an Neujahr nicht mit leeren Händen zu seiner Familie auf die Insel der Edlen zu kommen.

Noch viele Jahre später würde der Gärtner – inzwischen Regisseur – sich an das Restaurant aus den Schilderungen seines Freundes erinnern. Es befand sich am Ufer des berühmten Seidenflusses, den einst die Dichter der Tang-Dynastie besungen hatten. Eine schummerige Lampe beleuchtete den

Kai. Eine Fahrradrikscha tauchte auf, aber das Gesicht des Fahrers war nicht zu erkennen.

(Eine Stimme: »Woher kommst du?« Der Fahrer: »Vom Berg der Grünen Fasole. Die Lieferung für den fünften Stock ist da.«)

Das Gittertor wurde geöffnet. Er fuhr in den Hof und über den Parkplatz. Zwei Männer erwarteten ihn vor dem Hintereingang. Er stellte sein Fahrzeug ab und nahm einen Käfig vom Sitz. Der Käfig war mit schwarzem Segeltuch zugedeckt.

(»Geh den Gang links hinunter, bieg rechts ab, geh dann die rechte Treppe hoch, dann wieder rechts eine weitere Treppe hinauf, nach ganz oben.«)

Kurz darauf kam der Käfig im fünften Stock an. In der Küche lüpfte der Kurier die schwarze Hülle. Und darunter kam ein groteskes Tier, ja ein Monster zum Vorschein. Es war etwa fünfzig Zentimeter lang, hatte kurze Beine, Rumpf und Tatzen waren vollständig mit gestreiften grauen Hornschuppen bedeckt, die sich stellenweise wie Dachziegel überlappten und einen regelrechten Panzer bildeten. Der kleine längliche Kopf mit den Knopfäugelchen glich dem einer Boa.

(Der Kurier nahm eine Handvoll Ameisen aus einer Blechdose und stellte sie in einem Teller vor das Tier, das, wie ein Reptil, seine Beute im Nu mit Speichel überzog.)

Seine schärfste Waffe waren die glänzenden Krallen an den Vorderbeinen (üblicherweise fünf an jeder Zehe, doch der jüngere Sohn hatte in seiner kurzen Laufbahn als Hilfskoch nur welche mit drei Zehen gesehen). Die kräftigen überlangen Krallen dienen dazu, Termitennester auszuhöhlen oder lange Tunnel in den Berg zu graben, daher der chinesische Name des Tiers: der Gepanzerte, der Berge durchquert. Der wissenschaftliche Name ist Manis oder Pangolin. Laut der Enzyklopädie sind vier der sieben weltweit bekannten Pangolinarten in Afrika heimisch, die anderen drei in Indien, Malaysia, Birma und in Südchina.

Da die chinesische Gattung sozusagen ausgerottet war, waren die wenigen überlebenden Tiere von der Regierung unter Artenschutz gestellt worden und durften nicht getötet werden.

Die Ausrottung dieses Tieres lässt sich nur erklären, wenn man die poetische Besonderheit der chinesischen Medizin kennt. Zum Beispiel: Weil Fledermäuse in der Dunkelheit fliegen, ist dies Gewähr dafür, dass ihr Kot Blinde heilt. Oder: Weil die Seegurke einem Phallus gleich, lässt sich daraus ableiten, dass sie aphrodisische Eigenschaften besitzt, wenn also ein Mann davon isst, wird sein Phallus die pharaonische Größe dieses Wasserwesens erreichen. Was das Pangolin angeht, so ist es seine Fähigkeit, sich in den Berg zu graben, die die Chinesen fasziniert, denn ist der Schoß einer Frau nicht auch ein von tiefen Grotten und dunklen Schluchten durchzogener Berg, den es zu erkunden gilt? Isst man also sein Fleisch, lässt einen das so tief wie ein Pangolin in einen Berg in die weiblichen Höhlungen eindringen.

Normalerweise musste der jüngere Sohn das tote Pangolin schuppen, mit einer Pinzette die Bauch- und Rückenstoppeln auszupfen und es gründlich mit warmem Wasser waschen.

Das Privileg, das Pangolin zu töten, stand, entsprechend dem Dienstalter, einem anderen Hilfskoch zu. Einem muskulösen Bärtigen, etwa um die vierzig, der großen Wert auf ordentliche Arbeit legte und bei jeder Exekution mächtig stolz auf seinen raschen und präzisen Schlag war. Er hasste überflüssiges Getue und schwenkte sein Messer nie, bloß um die aufblitzende Klinge zu bewundern. Einen Zahnstocher im Mundwinkel, erledigte er das Pangolin gewöhnlich mit einem einzigen Schlag: Das Tier sackte zusammen, der Bärtige durchschnitt ihm die Kehle, der Kopf fiel auf den Fliesenboden, und das Blut floss in eine bereitgestellte Porzellanschale.

Doch in jener Nacht wollte es das Schicksal anders! Kaum hatte das Pangolin den Käfig verlassen, rollte sich das Tier, von seinem Geruchssinn gewarnt, zusammen, und sein Kopf, der Rumpf, die Tatzen mit den gefährlichen Krallen verschwanden in einer reglosen Kugel. Wie ein Igel, der einem nachts auf der Straße begegnet. Schaute man aber genauer hin, sah man einen über und über mit gefährlichen Waffen gespickten Krieger vor sich: mit einem Panzer aus kaum wahrnehmbar zitternden Schuppen.

Der erfahrene Hilfskoch mit seinem Zahnstocher im Mundwinkel ließ sich von der geschuppten Kugel nicht aus der Fassung bringen. Er machte das Licht aus – denn bekanntlich rollt sich das Pangolin tagsüber in einer Höhle zusammen und entrollt sich erst nach Einbruch der Dunkelheit. Doch dieses Pangolin widerstand der Verlockung der Finsternis und weigerte sich, seine Abwehrstellung aufzugeben.

Verärgert über diesen Misserfolg, beschloss der Hilfskoch, das widerborstige Vieh zu ertränken. Er nahm es in die Hände, trat zu einem mit Wasser gefüllten Spülstein und tauchte es hinein. Man hörte nur den Atem der um das Becken versammelten Küchenbrigade und das leise Platzen der aufsteigenden Luftblasen. Das verflixte Biest widerstand. Es schien sie zu verspotten, es rührte sich ein wenig, und das sanft bewegte Wasser hüllte den Panzer in geheimnisvolles Licht, über den kaum merkliche goldene, elfenbeinerne und smaragdgrüne Schauer liefen.

Die Wagen des reichen Kunden und seiner Gäste fuhren vor. Man hörte Bremsen knirschen, Türen schlagen, Lachen, Stimmen, beschwingte Schritte. Der Hilfskoch gab sich nicht geschlagen: Er fischte die schuppige Kugel aus dem Wasser, stellte sie mitten in der Küche auf den Fliesenboden, zog das Unterhemd aus und fing an, das widerspenstige Pangolin mit bloßen Fäusten zu bekämpfen. Die Zeit drängte, also kamen ihm die anderen Köche zu Hilfe.

»Los, los!«, brüllte der Küchenchef. »Worauf wartet ihr? Noch mehr Leute her!«

Fünf kräftige Burschen stürzten sich auf die widerborstige Kugel. Kein Tier von dieser Größe konnte eine Minute länger widerstehen … es sei denn, es hatte überirdische Kräfte.

Was offensichtlich der Fall war. Die Kugel öffnete sich nicht. Kein Spältchen breit. Die Nachricht von diesem unglaublichen Zwischenfall gelangte bis in den Speisesaal, wo die Gäste auf das Essen warteten. Also wurden zwei Bodyguards zur Verstärkung in die Küche geschickt: zwei muskulöse Kerle, doppelt so muskulös wie der Hilfskoch, der im erbitterten Kampf seinen Zahnstocher verloren hatte. Aber auch diese zwei brachten das Tier nicht zum Nachgeben.

Gegen zehn Uhr wurde beschlossen, den alten Ofen einzuschalten, in dem sonst die glacierten Enten gebraten wurden. Der Scheiterhaufen war die letzte Marter, der sie das Pangolin unterzogen, denn seine Schuppen mochten zwar nicht bezwingbar sein, waren aber eindeutig entflammbar.

»Ich höre die Schuppen heute noch krachen«, erinnerte sich später der jüngere Sohn. »Es war, als würde der Harnisch der Jungfrau von Orléans auf dem Scheiterhaufen bersten.«

Mit einem Mal flog die rauchende Kugel aus dem Ofen und landete mit einem rotglühenden Kometenschweif auf dem Fliesenboden. Ein massives Palisanderregal diente dem Koch als Henkersblock. Die Schuppen krachten unter den Messerhieben. Inzwischen war es der Chefkoch selbst, der verbissen versuchte, den Panzer zu knacken.

Endlich, ein Zucken: Speichel floss aus der Kugel, sie öffnete sich. Eine schuppige Schnauze erschien, dann der ganze Kopf, dann die mit dünnen Schuppen überzogenen Tatzen.

Der Eisenhaken sauste wie ein Blitz auf den Schädel hinunter … und die Spitze blieb krachend im Holz stecken. Endlich durchbohrte ein Messerhieb das Pangolin. Blut floss.

Als das Tier ganz entrollt war, stellte man fest, dass es ein Weibchen war. Ein trächtiges Weibchen!

Die aufgesperrte Schnauze war nur ein tiefes, schwarzes Loch, es hatte keine Zähne. Über dem zerschmetterten Kiefer weigerten sich winzige Äuglein mit vor Entsetzen geweiteten Pupillen, sich zu schließen.

»Du da«, knurrte der Küchenchef und zeigte mit dem Finger auf den jüngeren Sohn, »räum den Bauch aus!«

Bevor er die Küche verließ, wandte er sich drohend an alle Anwesenden: »Kein Wort, verstanden?! Sonst weigert der Gast sich womöglich zu bezahlen unter dem Vorwand, ein trächtiges Weibchen zu essen bringe Unglück.«

Der jüngere Sohn hätte vor Schreck beinahe das Messer fallen lassen. Er schnitt mit der Klingenspitze zögernd die Flanke unter den Rippen auf und war ungeschickt genug, den mit Ameisen und Termiten gefüllten Magen zu erwischen.

»Beim zweiten Schnitt in die linke Weiche«, erzählte er dem Gärtner, »bin ich auf eine stark geschwollene Ader gestoßen. Darunter war ein karmesinroter Beutel. Ich habe ihn entfernt und auf einen Teller gelegt, habe ihn aufgeschnitten und darin einen unfassbar winzigen, mit einem dünnen Häutchen umgebenen Pangolinfötus entdeckt. Ich wollte ihn nicht einfach so liegen lassen. Ich wollte, dass er auf die Welt kam. Egal, ob lebend oder tot. Also habe ich das Häutchen Millimeter um Millimeter entfernt. An seinem noch ungeformten Schädelchen waren Schnauze, Nase, Augen noch kaum zu erkennen. Mir kamen die Tränen. Es war so niedlich … du kannst dir nicht vorstellen, wie niedlich es war. Ich habe mit den Fingerspitzen die winzigen glitschigen, perlmutternen Schuppen gestreichelt. Nach der Arbeit bin ich zum Seidenfluss hinuntergegangen. Ich dachte, das Pangolinbaby möchte vielleicht gern ein bisschen schwimmen … Ich habe es in eine kleine Metalldose gebettet und bin ins Wasser gewatet und habe seinen kleinen Sarg der Strömung übergeben.

Ich war traurig, dass ich es nicht zusammen mit seiner Mutter beisetzen konnte … Der Muttergöttin ihrer Gattung … Jener schuppigen Kugel, die sich weigerte, sich zu öffnen. Der Gedanke an sie verfolgt mich ebenso wie das Bild von der Hand meiner Mutter, die auf dem Boden eines Schuppens ihren gefesselten Sohn wäscht. Jetzt weißt du, warum ich meine Zeichnung so radikal reduziert habe.

III

Der mit Arbeitern, Soldaten, Dozenten und Studenten gedrängt volle Zug, die es alle eilig hatten, zu ihren Familien nach Hause zu kommen, verließ langsam den Bahnhof, fuhr an Ziegelmauern vorbei, beschleunigte das Tempo, durchquerte Tunnels und hügelige Landschaften. Wenn er in eine Kurve hineinfuhr, warfen die dicht gedrängten Passagiere besorgte Blicke auf die bis obenauf mit Neujahrsgeschenken vollgestopften Gepäckablagen, denn jede Neigung des Zuges drohte sie unter einer Paketlawine zu begraben.

Der jüngere Sohn stellte mit kindlichem Stolz fest, dass in diesem Berg von Geschenken seines – ein supermodernes Fernsehgerät – wahrscheinlich das teuerste war – ganz abgesehen von dessen psychologischem, symbolischem, ja historischem Wert.

Ein pingeliger Chronist würde wahrscheinlich nicht behaupten wollen, es sei das erste funktionierende Fernsehgerät auf der Insel der Edlen, in diesem Haushalt, wo sich die ausgedienten Fernseher nur so stapelten. Unter denen hatte seine Mutter schon längst ein halbwegs brauchbares Gerät gefunden. Sie hatte es aufs Geratewohl an einen Stecker angeschlossen. Und der kleine Junge, der er damals war, hatte sich immer gefragt, wo denn dieser elektrische Strom war. Im Kabel? Im Schalter? Er war nirgends, und plötzlich war er da, niemand wusste, woher! Und der Bildschirm flackerte auf, farbige Bilder traten hervor, doch sie blieben stumm – kein Ton drang aus dem Gehäuse. Der jüngere Sohn hatte geglaubt, er träume, als er auf dem Bildschirm unbekannte Menschen sah, die in einem hübsch geschmückten Raum beisammensaßen. Ein alter Mann mit einem hinterhältigen Mafiosolächeln hielt eine Rede, und die anderen sprangen auf und sangen und tanzten und umarmten einander – doch jeder sah, dass das alles einstudiert war –, während ein riesiges Feuerwerk Pekings Nacht erstrahlen ließ. Der jüngere Sohn hatte daraus geschlossen, dass es sich wahrscheinlich um einen reuigen Mafiaboss handelte, der um Aufnahme in die Kommunistische Partei gebeten hatte und freudig zu einem der ihren gemacht worden war.

Da ein Glück selten allein kommt, hatte er ein paar Wochen später dank einem falschen Handgriff entdeckt, dass bei einem anderen Fernseher der Ton noch funktionierte. Die ganze Werkstatt hatte gezittert von den Gewehrsalven und dem Gebrüll der Soldaten! Der ältere Sohn – der damals noch ein braver Junge war – war auf den Gedanken gekommen, den stummen Fernseher einzuschalten und das Bild zu suchen, das zum Ton gehörte.

Der Gärtner hatte zuerst die Absicht gehabt, seinen Freund zu begleiten, um auf der Insel der Edlen ein langes Gedicht zu schreiben oder »sensationelle« Bilder zu knipsen.

»Ehrlich«, hatte sein Freund ihm erklärt, »die reinste Science-Fiction-Kulisse, eine endlose Landschaft aus elektronischem Müll.«

Am Tag vor der Abreise jedoch fesselte ein stechender Schmerz – der dann als Bandscheibenvorfall diagnostiziert wurde – den Dichter ans Bett, also musste er zu seinem Leidwesen auf die Reise verzichten, vertraute dem jüngeren Sohn jedoch seine alte Leitz-Kamera und ein Dutzend Schwarz-Weiß-Filme an, damit der für ihn »ein paar sensationelle Bilder« schoss.

Gegen Mittag traf der jüngere Sohn im Bahnhof in L. ein, von wo aus er an der Brücke der Fünf Seligkeiten das Schiff nahm. Nach zwei Stunden – die Insel zeichnete sich noch nicht einmal am Horizont ab – roch er bereits den vertrauten Gestank von verbranntem Kunststoff. Doch zum ersten Mal in seinem Leben wurde ihm davon nicht übel. Im Gegenteil, er erschien ihm vertraut, tröstend, ein Willkommen! Achtzehn Monate war er weg gewesen – eine unendlich lange Zeit –, und seither hatten sich nicht nur die Gerüche für ihn verändert.

Er hatte seiner Mutter mehrmals geschrieben. Er hätte lieber mit ihr gesprochen, da es im Haus aber kein Telefon gab, war das leider nicht möglich.

Er klopfte leise an die Werkstatttür. Dann energischer.

Seine Mutter war offenbar ausgegangen. Oder vielleicht war sie im Schuppen hinter dem Haus. Er stellte den Karton mit dem Fernseher vor die Tür, lief um die Werkstatt herum und die Mauer entlang bis zu der von den Schweinen gebuddelten Öffnung.

Ja, er war zu Hause! Was er durch den Spalt sah – der Galgen des alten Brunnens, die kahlen schwarzen Äste der einsamen Ulme –, alle diese Einzelheiten hießen den zurückgekehrten Sohn willkommen. Ihm wurde immer wärmer ums Herz.

Dann entdeckte er erstaunt zwischen dem Brunnen und dem Baum etwas, was früher nicht da gewesen war: einen seltsamen Bau; eine Art graugrüne, schildkrötenförmige, düstere Festung. Eindeutig ein Provisorium aus Steinen, Ziegeln, Fernsehern, Computern, das mit Schlamm gefügt und von genügsamem Unkraut überwuchert war, anspruchslos genug, um in den Ritzen und Spalten zu wurzeln und mit der Zeit die Festung noch zu verstärken.

Es gab weder Türen noch Fenster, nur eine zwischen den Steinen etwa vierzig Zentimeter über dem Boden angebrachte Scharte direkt der Ulme gegenüber. Er kauerte nieder, um hineinsehen zu können. Der Geruch von Moder, von Feuchtigkeit, von Urin und Exkrementen stieg ihm in die Nase.

Kettenklirren ließ ihn zusammenzucken: Muss man erwähnen, dass dieses Geräusch ihn an eine Nacht erinnerte, als er zugeschaut hatte, wie eine Kette geschmiedet wurde ... das Echo der Hammerklänge ... das verklemmte Vorhängeschloss ...

Er wich nicht zurück. Er beugte sich noch weiter zu der kleinen rechteckigen Scharte hinunter.

»Ich bin's. Dein kleiner Bruder«, rief er.

Er kniete sich hin, presste das Gesicht an die Scharte und versuchte, etwas zu erkennen ... als plötzlich eine Hand hinausschoss und ihn beinahe an der Nase traf. Er wich spontan zurück, griff nach der Kamera des Gärtners und betätigte den Auslöser.

Dann ging alles sehr schnell. Als er mit dem Weitwinkel ein zweites Foto schießen wollte, visierte er die Hand an. Im Sucher wurden die Umrisse schärfer: Die Hand war dreckig, die Haut rissig, die gekrallten Finger verkrümmt, die Nägel schwarz. Sie winkte schwach durch die Scharte hindurch. Die Hand eines Ertrinkenden, der verzweifelt nach einem Halt tastet.

Plötzlich lief es ihm eiskalt über den Rücken. Entsetzt stellte er fest, dass es nicht die Hand seines älteren Bruders war, auch wenn sie ein wenig männlich wirkte. Er wandte den Blick ab, traute sich auch nicht mehr, durch den Sucher zu blicken, und schloss die Augen.

Das Bild hatte an der Landesausstellung in Beijing großen Erfolg, wurde dann in New York, London, Paris, Berlin gezeigt. Es wurde zu einem der besten Fotos des Jahrzehnts gekürt. Das äußerst kontrastreiche Schwarz-Weiß-Bild beeindruckte die Experten zutiefst. Doch es war vor allem der rätselhafte Titel, der Interesse weckte: »Der Gepanzerte, der die Berge durchquert.«

Dieser Titel war umso rätselhafter, als der Ausstellungsmacher den Kommentar des Fotografen zu diesem Werk gestrichen hatte:

»Um ihren dementen Sohn zu heilen, suchte die Mutter einen blinden Heiler auf. Dieser erklärte ihr, dass der nur eine Frau brauchte. Die Armut zwang die Mutter, die Rolle einer Prostituierten zu übernehmen, deren Dienste sie unmöglich hätte bezahlen können. Also schlief sie mit ihm. Der Sohn wurde gesund. Nun verfiel jedoch die Mutter in Wahnsinn und wurde im Unterstand angekettet, in dem sie einst ihren Sohn eingesperrt hatte.

Seitdem ist sie in vollkommenes Schweigen verfallen.«

»Ein wildes Buch, das sich heiter in den Kopf einschleicht.«

Die Welt

* Cover- und Preisänderungen vorbehalten

Dai Sijie

Muo und der Pirol im Käfig

Roman

Piper Taschenbuch, 400 Seiten
Aus dem Französischen von
Giò Waeckerlin Induni

€ 9,95 [D], € 10,30 [A], sFr 14,90*

ISBN 978-3-492-24520-3

Nach Jahren im französischen Exil kehrt der scheue Psychoanalytiker Muo zurück ins Reich der Mitte, um seine große Jugendliebe »Vulkan des alten Mondes« aus politischer Gefangenschaft zu befreien. Dafür muss er Richter Di bestechen, der für seine Dienste eine ungewöhnliche Gegenleistung verlangt.

Leseproben, E-Books und mehr unter www.piper.de

»Poetisch, geheimnisvoll, anrührend – versöhnlich«

Westdeutsche Allgemeine Zeitung

*Cover- und Preisänderungen vorbehalten

Dai Sijie

Wie ein Wanderer in einer mondlosen Nacht

Roman

Piper Taschenbuch, 320 Seiten
Aus dem Französischen
von Giò Waeckerlin Induni
€ 9,99 [D], € 10,30 [A], sFr 14,90*
ISBN 978-3-492-26373-3

Schicksalhaft kreuzen sich in Peking die Wege einer französischen Studentin und eines chinesischen Gemüsehändlers. Beide sind auf der Suche nach der verlorenen Hälfte einer uralten, seidenen Schriftrolle. Denn diese birgt nichts Geringeres als die geheimnisumwobenen Anfänge des Buddhismus. Fasziniert vom Zauber der Schrift und ihrer Macht begeben sie sich auf eine entbehrungsreiche Reise.

PIPER

Leseproben, E-Books und mehr unter www.piper.de